青春文学精品集萃

# 希望是
# 唤醒万物的春风

《语文报》编写组　选编

时代文艺出版社

图书在版编目（CIP）数据

希望是唤醒万物的春风 /《语文报》编写组选编.
-- 长春：时代文艺出版社，2022.3
（青春文学精品集萃丛书.希望系列）
ISBN 978-7-5387-6956-2

Ⅰ．①希… Ⅱ．①语… Ⅲ．①散文集－中国－当代
Ⅳ.①I267

中国版本图书馆CIP数据核字(2022)第011770号

# 希望是唤醒万物的春风
XIWANG SHI HUANXING WANWU DE CHUNFENG

《语文报》编写组　选编

出 品 人：陈　琛
责任编辑：陈　阳
装帧设计：孙　利
排版制作：隋淑凤

出版发行：时代文艺出版社
地　　址：长春市福祉大路5788号　龙腾国际大厦A座15层（130118）
电　　话：0431-81629751（总编办）　　0431-81629755（发行部）
官方微博：weibo.com/tlapress
开　　本：650mm×910mm　1/16
字　　数：135千字
印　　张：11
印　　刷：永清县晔盛亚胶印有限公司
版　　次：2022年3月第1版
印　　次：2022年3月第1次印刷
定　　价：38.00元

图书如有印装错误　请寄回印厂调换

# 编 委 会

# Contents
# 目　录

## 古都之夜

古都之夜 / 王一旭　002

探访古城——西安 / 夏予安　004

可爱调皮的伊布 / 伊菲　006

黑王子 / 邱与珩　008

我家的英雄菲菲 / 徐梓墨　010

小苹果 / 赵婉静　012

等待中的美味 / 杨静怡　014

儿时的爆米花 / 张仙松　016

我的老外公 / 孙佳乐　018

晒晒我们班的"牛人管家" / 骆诗瑶　020

风一般的男子 / 张秉丞　022

奶奶园中的枇杷树 / 夏予安　024

吊兰 / 陈李钊　026

老家的菜地 / 郁蘅　028

奇妙的"熊童子" / 刘畅　030

窃读记 / 秦一轩　032

忐忑剪发记 / 熊飞扬　034

我胖我苦恼 / 杨子馨　036

"穿越"到远古 / 王一旭　038

希望是唤醒万物的春风

## 成长的陪伴

秋天，就让我想起…… / 刘雨歌 042

妈妈，我爱你 / 秦一轩 044

雨伞下的父爱 / 宋雨萱 046

成长的陪伴 / 周奕天 048

那件小事温暖着我 / 臧佳艺 050

窗外 / 吴彦开 052

肚子里长梅树 / 刘小雨 054

乡情 / 郁薪 056

天边飞来一只鸟 / 刘畅 058

啊，故乡 / 刘宜静天 060

来一碗重庆小面 / 渝风 062

传统的泡馍 / 夏小沫 065

高邮包子 / 安安 067

端午的鸭蛋 / 秋雨 069

独立的芽儿 / 夏小沫 071

紧张的那一刻 / 杨静怡 073

脚印 / 姜振宇 075

幽兰 / 李馨 077

## 迎着太阳的笑容

生命需要自由 / 刘宜静波 080

迎着太阳的笑容 / 李卫雅 082

2016 年，伦敦的土地有我的足迹 / 余卓凡　084

你是我的一本书 / 刘淑文　086

带一本书去旅行 / 任虹彦　088

深处 / 张思钰　090

梧桐小路 / 乐淑娴　092

故居旧宅 / 李　文　094

藏在故乡里的精彩 / 王晓君　096

那最初的模样 / 葛永琪　098

告别 / 张辰雨　100

成长是首歌 / 戴骊颖　102

那条路 / 高可欣　104

幸福 / 陈相潜　106

# 走过路过，可曾错过

走过路过，可曾错过 / 刘凯悦　110

想念 / 邹周玉贤　112

这样最好 / 董静雯　114

父亲的背影 / 杨馨悦　116

外公的微心愿 / 朱丹晨　118

台阶 / 徐忱悦　120

桥 / 张诗钰　122

秋思 / 潘子璇　123

月 / 李瑶楠　124

他的微心愿 / 王佳艺　126

厨娘日记 / 连玉晨　128

香甜美味的南瓜饼 / 周　缘　130

难忘相见的瞬间 / 张馨月　132

永存角 / 李　康　134

书韵传香 / 韵　沁　136

留香 / 周晨卉　138

《人间草木》读后感 / 王馨怡　140

希望是唤醒万物的春风

## 有你陪伴，真好

看见春花灿烂，真好 / 刘宜静波　144

昙花 / 巫萌萌　146

明天，我会继续奔跑 / 钟瑞阳　147

有你陪伴，真好 / 畅雅玉　149

可爱的"笨笨" / 戎翔宇　151

"小绿家伙"你别哭 / 冯雅楠　153

读《假如给我三天光明》有感 / 沈文杰　155

读《城南旧事》有感 / 张妍琪　157

读《萤火虫小巷》有感 / 徐梦佳　159

读《三体》有感 / 高　晟　161

乡村闲趣 / 甘轲晗　163

我心中的海棠花 / 徐　阳　165

因为有爱 / 车可晗　167

古都之夜

# 古 都 之 夜

王一旭

夜幕降临了，西安路旁的树枝上缠绕着一圈圈的彩灯，枝干上整整齐齐地挂满了通红的灯笼，整个马路都被映上了一层霞光。庄严的钟鼓楼，肃穆的古城墙，都是夜晚古都的美丽风景，不过，此时最炫丽的地方还是莫过于大雁塔了。

白天的大雁塔，安静从容，即使游人如织，它也只是静静地伫立，无声地诉说着穿越千年的历史。而夜晚，当我跟随着乌泱泱的人群，再次站在大雁塔前，我看到了不一样的它！广场一周尽是一排排树灯，树叶与灯笼自然融合在一起，互相映照着、点缀着。叶绿色处处显现，彩灯光影随时可见。灯光有规律、有节奏地变换着色彩，投射在喷泉池内，美不胜收。抬头望向不远处，大雁塔的各层门洞里闪烁着柔和的淡黄色光，配上深灰色的塔身，还有被群星点缀的夜空，我有些目眩神迷。

这时，两束强烈的光源瞬间照亮了整个大雁塔下的广场花园，房棱和墙顶的彩灯交相辉映，水池里的荷花光鲜夺目，池边上印刻的十二生肖图画栩栩如生，周围的一切仿佛忽然有了生命，有了活力。猝不及防，音乐喷泉盛宴惊喜而至，数十座水柱从地底冒了出来，纵横交错，随着音乐的伴奏跌宕起伏，水柱时而缓，时而急，时而笔直蹿向天空，时而原地打转来个迂回……我欣赏着，感受着，仿佛置身于海浪之中，被光与影拍打着。这场面气势恢宏，难以言表，那大唐盛世繁华中的一曲《霓裳羽衣》，是否要在这光影中重现？

归途中，路边有一阵空灵的乐器声，我寻声而去，只见一位老人正悠闲地吹着笙。他衣着十分讲究，裤脚肥大却恰到好处地收缩在脚踝处，一双包脚的棉质布鞋，朴实而不失个性。曲声渐渐高昂，他用下颚顶着孔，发出了最后一声悠长而有力的陡音。随着乐声息止，老人彬彬有礼地向我们一抱拳，洒然而去，关中英杰的豪气就在这个古城的夜晚浸入我的胸怀。

我漫步在西安的夜色中，眺望远处霓虹灯与城墙建筑交相辉映，感受着静静浮动的槐树的草木香气。这，便是古都之夜！

# 探访古城——西安

夏予安

  烈日，雷雨，炎热，这是夏天的普遍特征。在这个假期，我与朋友探索了充满历史文化气息的西安古城。

  秦兵马俑是"世界八大奇迹"之一，也是西安的旅游标志与特色。今天我终于有机会来参观啦！

  现实中的兵马俑比照片上看的壮观多了。那些俑神态各异，根据身份，服饰也有所不同。有双手持弓待发的立射俑，有一手牵马一手提弩的骑兵俑，有头戴双版长冠的中级军吏俑，还有身穿双重长襦、着鱼鳞甲的将军俑……向导说，兵马俑刚出土时是彩色的，可很短的时间内就因为空气的氧化而导致颜色消失了，真遗憾啊。在真空的玻璃罩中还保存一尊跪立俑，他的腰部还保存一些砖红色，服饰花纹和鞋底的纹路都很清晰精美。

  回宾馆后，经过一个晚上的休息，第二天大家都精神抖擞，我们要去爬中国最险的山——西岳华山。

  我们先坐索道上西峰。在索道上看风景是一件美好的事情。青色的山岭环绕着我们，山上是大片的树林，满眼葱茏。有些地方山体如同被刀削出来的一般，露出山的本色，石缝中长出蓬蓬的野草，看起来令人惊心动魄。

山上异常凉爽，烈日当头却没有一丝炎热。有一段山间小路是木板铺成，一旁是茂密的树林，中间还夹杂着几棵数百年的古树；一旁是岩壁，路边还有一簇簇红的、黄的小野花。这一段极为平坦，不像在走山路，更像郊游时的林间小路。在去往北峰的半山腰，我们遇到了一场大雨，雨点织成丝绸，将整座山罩了起来，外面的群山朦朦胧胧。雨来得快去得也快，途中我们发现，雨水汇成了一条条清澈的小溪，在石缝间缓缓流淌。

不过华山真的很险，大部分山路都是窄窄的，一边就是悬崖，大家走得都很小心。我紧紧扶着崖壁，一步一顿地细心走着，当太阳从头顶慢慢偏移，我们也到达了北峰。我爬上葫芦形的大石头，登上北峰顶，在山风阳光中，看到了金庸亲笔题下的"华山论剑"。

这四个红红的大字，写在一块石碑上，我仿佛看见金庸笔下的武侠人物，在华山以武会友。他们的剑在阳光下闪着寒光，一袭长衣，飘荡飞舞，令人眼花缭乱。

登上华山之巅，我感到了武侠小说中的侠气和豪气；步入秦王古墓，我见识了秦朝的强大和古人的智慧。探寻古都，流连忘返。

古都之夜

# 可爱调皮的伊布

伊 菲

我家有只伊布拉希莫维奇，它不是瑞典当红足球明星，而是一只加菲猫。静如处子，动若脱兔，机警敏捷，无事生非，说的就是小伊布。它真是猫界的代表。

伊布有一身华丽的金色绒毛，眼睛水汪汪的。淡粉色的鼻子下一只白嘴巴，舌头上有许多倒刺，舔起人来又痒又疼。四只小腿胖胖的，爪子锋利极了，像五把短刀，还长着厚厚的肉垫呢！不过你可别被它呆萌的外表所迷惑，其实它非常调皮。

夜里，我在梦的世界遨游。我飞上蓝天了，太阳公公向大地洒下阳光，我沐着阳光浴。突然，一只乌鸦飞来，对着我的手啄了几下。我惊醒了。眼前黑乎乎一片，原来是伊布！它睡够了，吃饱了，无所事事，就开始骚扰四方。最喜欢伸出长长的刺舌，兢兢业业地舔我的脸。直到把我舔醒，弄得我满脸是口水，刺刺地疼。伊布扭头轻蔑地瞥了我一眼，摇摇尾巴跑了。

俗话说："初生的牛犊不怕虎——胆子大。"伊布就是典型的例子，爱冒险，只要它决定探索的事物，它不达目的不罢休。

我家的乌龟通常放在装满水的箱子里。一天，乌龟在运动，箱子里的水哗啦啦地荡起一圈波纹。伊布支棱着耳朵，脑袋迅速转向箱子。眼睛瞪得像外星人一样。它试探着伸出一只前爪，发现没有敌情，一个箭步蹿到箱子前，围着箱子绕来绕去，拿它厚厚的肉垫轻轻地触碰箱子。觉得没有危险，伊布手搭在箱子边缘，脚站立起来，好奇地向里张望着。然后，它伸出它那短得出奇的手臂使劲儿往里捞，手碰到水面来回撩着水。突然，乌龟头悄悄从壳里钻出来，疑惑地望着它，慢慢张开嘴巴，咔嚓一口咬住伊布的爪子！"喵！"伊布吓得尖叫起来，在慌乱中想要使爪子挣脱出来，身子一弓，脚使劲儿一蹬，哗啦一声掉进水里。折腾几下后，它狼狈地跳出箱子，身上全湿了，水溅了一大片。那场面，别说有多么惨不忍睹了。

从此，伊布见了乌龟就躲，再没有了以前的王者风范。这就是伊布，我喜欢它，因为它给我的生活带来了无限的乐趣

# 黑 王 子

邱与珩

　　不记得是哪一年，一只猫闯进了我的生活，带给了我充实幸福的三年。

　　大年三十，我也要出去帮妈妈采购，路上有一只快要冻死的白色小猫。如果不是额前一个黑黑的小三角，我也注意不到它，它太小太小了，连眼睛也才刚刚睁开。我四下看看，竟未看见母猫。无奈，我折返回家温了牛奶，回来后把温牛奶倒在掌心，它舔了几口，又倒了下来，我只好把牛奶一滴一滴地挤进它嘴里，它喝了小半瓶牛奶，趴在我怀里睡着了。我抱着它买了年货，又给它拾了个纸箱，把纸箱放在一个外置暖风机前，将小猫放进去，盖上了一件旧衣服，我才回家。

　　接下来的三个月里，我天天喂它喝牛奶，有时也偷偷抱一碗鱼肉饭给它吃。渐渐地，它与我熟络起来，我每天经过这里唤一声："黑王子——"它蹦跳着奔出来，围着我打转，我看见它也不得不慢下来拍拍它的脑袋。所以我的裤子上总有猫毛。

　　有一天，我裤腿上的猫毛引起了妈妈的注意，听我讲完了这事，她默默地什么也没有说。没过几天，家里便多了一堆猫粮、猫砂和猫便盆。我们迎回了"黑王子"。

自此我多了一个伙伴，它总是摇着小脑袋，头顶的黑点儿也跟着晃呀晃。妈妈说那是"美人痣"，我却说那是"小王冠"。晚上回来它总是来门口迎接我，再屁颠儿屁颠儿地爬上写字台按着橡皮不放，又跑下台子玩起毛线团来。吃饭时它也从不抢食，静静地等待我夹给它一个小鱼尾。

后来我们一家出去旅游时，把猫交给了邻家的老奶奶代养。不料，"黑王子"跑了，我伤心了好久。自此我家再也没有养过猫。但每次看到白色小猫时，我都会留意它头上是否有一个小三角，它是否是离家出走了的"黑王了"？

# 我家的英雄菲菲

徐梓墨

春风吹过，吹绿了柳梢，吹青了小草，吹皱了河水，吹鼓了桃树的花苞。太阳冒出了地平线，悄悄地窥视人间，最后终于露出了笑脸。广阔的大地，也涂上了一层鲜红的油彩。

小巧玲珑的燕子拖着长长的后襟，掠过天空，为春光增添了许多生趣。一对小燕子飞到了我的屋檐下，在这里安了家。休息之余，我常来看它们。

这天，燕子的爸爸妈妈出去觅食了。一只好奇的小燕子发现草地上有几只毛毛虫，心想：我何不自己捉几只回家，分给我的"兄弟"们？想着想着，便扑扇着翅膀，俯冲下来。可它忘了自己还是个"飞行实习生"，扑的一声倒在地上，发出令人心痛的呻吟声。这叫声吸引了我家的小猫——菲菲。它支棱着耳朵站起来，几步就蹿到了小燕子跟前。我见了，连忙冲过去，轻轻抱起燕子，怕菲菲对它进行二次伤害。接着，我走到燕窝下，抱起燕子，使出全身力气噌地往上跳，可燕窝仍旧离我很远。我咚的一声摔在地上，望着如此高的燕窝，身旁没有梯子也没有父母，这该如何是好？

这时，菲菲迈着轻柔的步伐走了过来，望着小燕子，那灯泡大的眼睛竟露出了几丝怜悯，对着我喵喵叫起来。我还没反应过来怎么回事，菲菲就蹿到燕子前，轻轻衔着燕子，轻跑起跳，四只爪子牢牢钩住树干，快速而不失节奏地飞奔上树，站在树枝上，冲着我自豪地昂起头，露出胜利的微笑。几片绿叶打着旋儿落在菲菲头上，好像是属于它胜利的桂冠。这阵儿，枝叶剧烈摇晃着。糟了！枝叶发出咔嚓的声响，已经快断了！千钧一发之际，菲菲纵身一跃，在空中划了一个弧线。这弧线是架起燕子幸福的生命桥，菲菲轻轻地将燕子放进燕窝里。

燕子妈妈不知什么时候回来了，看到自己的孩子回到了家，围着菲菲叽叽地叫着，仿佛在感谢菲菲，为它唱起了一首动听的春之歌。

我赞扬地看着菲菲，它真是我的英雄！

# 小 苹 果

赵婉静

一双水汪汪的大眼睛，一身雪白的皮毛，一个肥硕的圆滚滚的身体，一条一摇一摆的尾巴，不用问就知道，这就是我家的小狗——"小苹果"。

家里曾养过几次狗狗，可我就和"小苹果"的感情最深。它在三个月大的时候，发烧、感冒，像人一样咳嗽得厉害，不愿意吃东西。我按时给它喂水，按医生的要求无微不至地照顾它，慢慢地它愿意吃一点点狗粮了，去了几次宠物医院，最后终于熬了过来。

自从暑假一开始，这只京巴犬几乎就没有离开过我的身旁，它就像我的助手，随时听从我的指令，但是它有些叛逆，经常乱跑，让我束手无策，简直顽皮到了极点！

它就像个小孩子，总喜欢到处乱窜，路还没走稳，它居然学会了上楼梯，就这样，它没有哪天老老实实地待过。由于我家在江边居住，它会自己跑到码头，在水边照照自己的影子，水里的鱼儿游过，它以为是和它捉迷藏，兴奋地跳来跳去，对着鱼儿不停地叫唤。这要是从岸上回来呀，可就让我头痛了，那一身漂亮的皮毛就变成了"刺球"了，一身都是苍耳！我就要一点儿一点儿地帮它清理，这时它就会不停地在我腿上蹭来蹭去，还会不停地摇着尾巴，好像在说："我下次一定听话，不上去乱跑了。"我就会轻轻地拍拍它的头，扭着它的耳朵对它说："再不听话不喜欢你了，把你送人！"它反而在我腿上蹭得更欢了，我真的好喜欢这个小可爱啊，真是拿它一点儿办法也没有！

我心情不好的时候，对它讲话，它好像可以听懂似的，总会对我摇摇尾巴，吐吐舌头。我喜欢和它一起拍照，每次这个家伙都会摆出好多稀奇古怪的"造型"来。

"小苹果"，它不仅是一只宠物狗，它更是我的好朋友！

# 等待中的美味

杨静怡

　　"轻轻提，慢慢移。先开窗，后喝汤。"这是每个小笼包店里都会贴的吃法口诀。

　　小时候，奶奶每次带我上街买菜时都会把我"丢"到一家小笼包店里。老板娘不用说就会笑着给我端上一笼。等我吃完一笼，奶奶基本都会准时出现在我面前。

　　开始，因为特别喜欢小笼包里鲜鲜咸咸的汤汁，总是不怕烫一口吞一个，从来不按口诀来，小小的嘴被塞得满满的。一咬，里面的汤汁便会急不可耐地抢在前面冲锋陷阵，迅速占领口中每个地点，咽下去满满的幸福感。

　　长大些，斯文些了，我学会了慢慢吃。先是一下捅破那吹弹可破的皮，让汤汁在小碟中慢慢蜿蜒，这就是所谓的"先开窗"。再用自己尚未长牢的牙，小口快速地从边缘一点点向里面递进啃着肉。然后，把较硬的那头的皮放入汤汁中蘸一蘸再吃。最后，喝汤汁，学着大人喝白酒那样一点点抿，细细品味着味道。到后面，每吃完一个都要抬头朝外看看那个令我期待的身影。

等我把这唯一的乐趣打发完后，便又能牵着奶奶的手慢慢悠悠地晃回家，与她讲着今天小笼包怎样好吃。她又总能变魔术似的变出一个好吃的。我俩一边吃着，一边走着……

现在我们搬家了。这儿是一个十分安静的地方，近处也没有卖菜和小吃的人家，而我也因学业鲜少出去玩了。

过往的记忆美好地浮现在我脑海中：吆喝的小摊主、和蔼的老板娘、悠闲热闹往来的人群，一切似乎都在昨天……

# 儿时的爆米花

张仙松

昏暗的小巷中，我远远地就看到一道微弱的光芒，随即就是一声巨响和一阵熟悉的清香。我快步走到那儿，借助月光，我看到的是一位不知经受了多少沧桑岁月的老爷爷正拿着一个布口袋套着一个黑不溜秋的原始爆米花机，把里面的爆米花倒进口袋，然后拿出塑料袋把它们均匀地分开。我看着那一袋袋黄灿灿的爆米花，锁住我记忆的那根链子好像突然断了。

小时候，家里穷，我住在一个环境很不好的巷子里，童年里没什么玩伴，只有几个比我小好几岁的邻居家弟弟妹妹。那时候大家都不是很富裕，花个一块五毛钱就觉得是天价了，玩的玩具要么是别人剩下的，要么是那种一块钱零食送的小玩具。

有一天，我们看到一位老爷爷坐在一个小板凳上，拿火不停地烧着一个黑黑的大铁罐，火把铁罐烧得红通通的，但老爷爷并不怕，还是不停地摇着，摇着，好一会儿后，爷爷吆喝了一声，接着，嘭！黑罐子发出一声巨响。我们几个以为是大炮，吓得赶紧躲开。过了一会儿，只见老爷爷打开了黑罐子，从罐子里变戏法似的往一个布袋子里倒着黄灿灿的食物，远远地就能闻到香味。我们站在那里久久不肯离去，一直盯着美食，口水直咽。

老爷爷发现我们了，向我们招招手，喊道:"小朋友，来——来——"我们十分惊慌，想逃走，可是，双脚却不听使唤，不知道是被美食诱惑了，还是被老爷爷和蔼的样子感染，竟情不自禁走了过去。老爷爷笑着对我们说："小朋友，你们在干吗？""我们在这闻闻香味，马上就走了，您放心。"说完我羞愧得转身就要走，这时老爷爷喊住了我："小朋友，这个给你，爷爷请你吃。"说着便从地上拿了一袋塞给我们，我们激动万分，几个小的高兴得脸都红了。随后我们找了一个空地，迫不及待地打开袋子，抓起一大把就往嘴里塞，顿时米香味蔓延口腔，并伴随着阵阵咔咔的声音，脆而不甜腻，真好吃啊！

后来虽然经常吃爆米花，可都不是那种老式的方法做的，都是机器做成，虽甜却没有了那种温暖。

"小伙子，买一袋吗？"

"好，爷爷，拿一袋，谢谢。"

我撕开袋子，儿时的味道又涌上心头，久久不能遗忘……

# 我的老外公

孙佳乐

我的老外公是位老革命，是前年去世的，享年九十五岁。他的一生极富传奇色彩。

我的老外公出生于1920年，在农村长大。因为苏南这边有鱼米之乡的称号，所以老外公从小没怎么挨饿。在十五岁的时候向一个村里的理发师拜师，学了理发这一手艺。平时在村里理发、种田，过着普通农村手艺人的生活。

但是，这平静的生活被战争打破了。1937年七七事变后，日军开始了全面侵华。几个月后，日军来到了他的家乡，把兴化城里的国民党守军赶走。但与此同时，一个新四军的团也来到了这儿，在兴化城边上的农村扎了根。

"天下兴亡，匹夫有责。"我的老外公当时只是普通人，但是他很爱国，便去了新四军的团指挥部。团长考虑到他是本地人，又有一技之长，便让他当地下交通员。所以，他白天是理发师，晚上是交通员。

交通员很重要，但是也充满危险。老外公向我讲述了一件他所经历的惊险的事情：有一次，他出去送情报。他前脚刚走，后脚几个日本兵就进了家，他们一进来就开始抓鸡，并强迫老太爷（老外公的父亲）给他们做饭。但是有一个满是情报的公文包还在卧室里，老太爷赶忙找了个借口，把公文包从卧室里偷拿出来，放到厨房的一个草堆里，然后赶忙做饭。但是他没想到，日本人都来到了厨房，并把枪放到门边上谈笑风生，其中有一个人就坐在那个有公文包的草堆上。这可把老太爷吓得不轻。但是，日本人不是来搜家的，他们大吃了一顿后又抓了几只鸡与一头猪便扬长而去。老外公说："要是那个公文包被发现了，现在可能就没有你啦。"

十四年抗战，我们胜利了，但是蒋介石为了窃取胜利果实，公然发动了内战。老外公这一次走上了前线。他还得意地说："我最自豪的就是从一个国民党军官手里缴获了一把汤姆逊冲锋枪。"

中华人民共和国成立后，他在兴化城任区长。他政绩非常好，许多百姓爱戴他。在六十岁时，他从岗位上退休，在九十五岁之时安然正寝。

# 晒晒我们班的"牛人管家"

骆诗瑶

如果有人问我，我们班表现最积极的同学是谁，那答案一定是我们的"牛人管家"——潘嘉伟。

潘嘉伟的电脑技术十分了得。刚开学的时候，只要上课时电脑出了问题，他一定会在座位上手舞足蹈地给老师"导航"，而且每次都可以"化险为夷"。有一次，上科学课视频放不出来了，他立刻激动地开始指挥："点确定！""取消！""嗯，对，对……"不一会儿，视频果真就放出来了。

他还很关心班级公物。有一次上课，我们班的讲台坏了，拉起来很费劲儿，潘嘉伟看不下去了，下课跑过去细细地端详起来，又把台板翻过来看了又看，然后小心翼翼地把台板缓缓地插进讲台里。耶！成功啦！他那黑黑的脸上两片厚厚的嘴唇咧开——绽放出灿烂的笑容。他喜滋滋地把讲台的台板拉开，合上，又拉开，再合上……还叫来同学，让他们试试效果，看到同学们赞许的目光，他的脸上顿时浮现出一抹得意的笑。

再者，就是管理班级。每当班级纪律不好的时候，他就会拍着桌子，扯着嗓子大喊："安静！安静！"记得有一次，中午值日班长被老师抓去订正作业了，积极的潘嘉伟同学一甩头，拿来班务日志，一整个午休都神气活现地昂着头，哪儿有一丝丝响动，他就会雷达般感应到，立刻转头看向那里，如果响动还没停止，他立马猫着腰过去，轻声制止。还有一次，上外教课，班上十分吵闹，同学们都在低声说着什么，就连平时最安静的同学都在小声说着话，这下潘嘉伟同学可急了，重重地一拍桌子："哎呀，能不能安静啊，别吵了！老师讲话都听不见了！"班上的吵闹声瞬间少了许多。

我们班这位"牛人管家"可真是名副其实啊！

# 风一般的男子

张秉丞

"加油！加油！"

伴随着尖叫，本班的"博尔特"在大家的欢呼雀跃中冲过了终点。而他自己呢，却如久经沙场的老将，那般淡定。

他，就是"谢老板"！

虽说平时比较内向，但要是"发起疯"来，可是谁也拦不住的。就拿这一届的校运会来说吧。

比赛开始前，大家都十分紧张。可就在这样的画风里，有一道让人眼前一亮的风景——无比淡定的"谢老板"仍旧像个没事儿人一样坐在那儿，好像本次比赛和他一点儿关系也没有似的。

不一会儿，就到了"谢老板"比赛的项目了。只见他威风十足地跨进赛道，活动了一下关节，深吸了一口气，这让他显得更加从容。这是一百米决赛。随着裁判的一声枪响，"谢老板"好似脱了缰的野马，又如飞出的弦箭，仅是半程就已将对手甩出"八条大马路"，夺取第一是必然的。

不久，我们便迎来了男子组接力赛。我班仍旧派上了"谢老板"负责最后一棒冲刺。

前三棒，副班长、小林和我跑得都相当稳定，没有落后太多，给了"谢老板"足够的时间反超。期待已久的最后一棒终于到了，令人拭目以待的"谢老板"也终将使出了他的看家本领！

刚刚接过接力棒的"谢老板"便飞一般地蹿了出去。他就好似哪吒，脚下踩了一对风火轮，与别的班的距离飞速缩短。

正在我感叹的同时，耳边传来一阵更为惊讶的声音："快看那个男生，哪个班的！怎么跑得这么快！开挂了吧！"

听到她不可思议的语气，我的嘴角却微微上扬，心想：谁让他是我们班的牛人呢？

他，就是"疯"一般的少年，"风"一样的男子。

"谢老板"，咱们班的牛人！

# 奶奶园中的枇杷树

夏予安

　　我的故乡高邮，坐落在江苏省中北部，美丽的大运河畔。这里的人都很喜欢枇杷，每年初夏，几乎家家院子里的楷杷树上都挂满了一个个黄澄澄的果实，空气中弥漫着清甜的香气。

　　我的爷爷奶奶也在院中种了一棵枇杷树。深绿色的树如同一把大伞，投下一片绿荫。它的叶子呈椭圆形，表面有细细密密的毛。枇杷在秋末开花，小小的五瓣花为白色，一束一束的，带有清香。它的花虽不艳丽却很精致。枇杷在初夏结果，每年在学期末，奶奶都会带许多她自家园中的枇杷来南京。那些果实有橙色的，也有淡黄色的，表皮上有短短的绒毛，有的圆滚滚的，有的椭圆形的，难怪被人喻为"黄金丸"。

　　枇杷清香鲜甜，略带酸味，与樱桃、梅子并称为"三友"。它秋日养蕾，冬季开花，春来结子，夏初成熟，承四时之雨露，为"果中独备四时之气者"；果肉软而多汁，味道鲜美，又被誉为"果中之皇"。剥开黄色的皮，里面的肉也是金黄的，泛着水嫩的光泽，一口咬下去，酸甜的味道伴着汁水涌入口腔，真是唇齿留香，令人回味无穷。

《本草纲目》里提到"枇杷能润五脏，滋心肺"。它含有多种营养元素，能促进儿童的身体发育，强身健体。奶奶每次都一边和我唠叨"多吃点儿，多吃点儿，枇杷吃了对身体好"，一边挑出最大最饱满的剥开送到我嘴边……想着在故乡的爷爷奶奶，现在园中的枇杷又开花了吧?

　　古时候，人们就很喜欢枇杷。唐代的柳宗元说道："寒初荣橘柚，夏首荐枇杷。"明代沈周也有诗云："从今抵鹊何消玉，更有饧浆沁齿寒。"营养丰富、味道鲜美的枇杷在古代也那么受欢迎，真是名扬古今啊!

　　明年夏初，我想回故乡，待奶奶园中的枇杷成熟了，我要自己爬到树上采摘，忍不住了就直接咬一口鲜美的果实，啊，该有多么惬意啊!

# 吊　兰

陈李钊

　　在我家一层的阳台上，总养着一些植物，虽然都不是什么名贵的品种，但我每天看看那几盆植物，心情总是很愉悦。

　　妈妈喜欢茉莉花，她便买了一盆回来。半年后，正值花季，每天家里都会飘着香气，无论楼上楼下，即使关着门，那香气也会从门缝里钻进去。可惜那茉莉花命太薄，一年后便枯萎了，妈妈伤心地把它放到了楼下。爸爸也种过君子兰，他喜欢君子兰，但君子兰也难养活，也不幸枯萎了。

　　而吊兰则是我的最爱。吊兰刚到我家中，还是妈妈带回来的，我并没有给予它太多的关注。那株吊兰小小的，在第一年中，我既不懂给它浇水，也不懂给它施肥，它仍那么小。第二年、第三年过去了，吊兰着实长大了不少。然后，那个冬天，一次特殊的经历，使我真正喜欢上了它。

　　那年冬天非常寒冷，吊兰的几片叶子枯黄了，我便用剪刀去修剪。一不小心，将一株小吊兰顺着剪了下来，我不禁有些伤心。于是，我又找来了一个盆子，将小吊兰装了进去。爸爸说，小吊兰活不了。我说，它一定能！转眼到了一月份，气温真的是跌入冰点，那株小吊兰的叶子变得枯黄。不，它会好的！我心中打战。放寒假，我回了老家。几乎每晚我都会想到它，想着它会变得翠绿。春天到来，打开家门，枯黄抽出了嫩绿，它复活了！爸爸妈妈看我这么开心，也笑了。

那株小吊兰，已长成了大吊兰，今年是它第一次开花。吊兰花不大，小小的，白白的，在枝叶上缀着，一粒一粒的，散发着丝丝幽香。

吊兰，没有君子兰的高贵，没有茉莉花的芬芳，即使将它放在草丛中，也毫无违和感，但是，它的生命力让我钦佩，使我真正爱上了吊兰。

# 老家的菜地

郁 蘅

我爱老家的菜地。

这里与其说是菜地，倒不如说是花园。油菜、玉米苗、青葱、菊花脑、香菜……我来得正是时候，油菜还点缀着一点儿"小金粒"，青葱顶着几个白毛线团。香菜有我肩膀那么高了，大片大片白米粒儿，远远看去，几乎挤去了一片，只剩下那纯白了。

篱笆上，裹着枝蔓，那是来自豌豆对毛竹的喜爱，紧紧地拥着。嫩紫色的豆花，香气淡雅，有的豆荚已经溜出来了，但不算太大，剥出了那些半熟的豆子，塞进你嘴里，清香甜脆。再老些，水煮和蒸成泥，味道也不错。

虽是精心打理，也还辟了一块土地，只有几个腐朽的树根，留着种蘑菇、木耳、银耳。树根旁边是一丛丛、一团团的野花。还有几株孤立的花很像是玫红色的郁金香，但，中间却有一个或大或小的球，大的发绿，比牛油果核还大些，小的呈金色，有玻璃弹珠那么大。据说果实是大烟的原料，其实少量的只是调味的佐料，但具体的名字我也记不大清了。

中间的大部分是一排排的青菜、玉米、胡萝卜，也有提早种的大白水萝卜，这是我们一家的晚饭中蔬菜的来源，绿色健康。烂菜帮豆荚皮也有用，把那群鸡养得肥肥的，好像捏一下便能冒出油似的。

　　最早的麦子灌浆了，像青葱的绿，搓下壳儿，白胖胖的，嚼一嚼，满是那香醇浓厚的麦浆，连麻雀都抗拒不了它的诱惑。

　　隔壁咬人的公鹅还在叫唤；

　　家里看粮仓的小猫在打盹儿；

　　燕子的啾啼回荡在耳边……

# 奇妙的"熊童子"

刘　畅

最近，妈妈迷上了种多肉植物，它们一个个肥肥的、肉肉的，特别可爱，我也很喜欢。

我最喜欢的当属"熊童子"了。物如其名，它那肥厚多肉的卵形叶片像极了肥嘟嘟的小熊掌，而叶顶部红色的小尖角更像一个个涂了红指甲油的熊爪。绿色的"熊掌"在红色的"熊爪"的点缀下绿得更加可爱，而"熊爪"在"熊掌"的映衬下红得更加显眼。这么多小"熊掌"一直张开着"双手"，仿佛在跟我热情地打着招呼，简直太奇妙了！

一天，我放学回到家，妈妈告诉我说她发现"熊童子"开花了。我兴奋极了，迫不及待地跑去阳台看。真的呢，几天没看它们，小"熊掌"之间已经悄悄地抽出了一条条绿茎，上面挂了一朵朵粉红色的小花，像是一个个小灯笼，漂亮极了！晚上睡觉前，我还是忍不住再去看看它们，可是，它们的花瓣居然都合上了，真奇怪，难道它们跟昙花一样只开一次吗？

连着好几天，我每天都观察它们，终于发现了它们的"秘密"。原来，它们每天到了下午就开出美丽的花朵，到了晚上就像害羞的小姑娘一样慢慢合上，变成一串串小花蕾，这不得不让我再次感叹它们的神奇！

我真是百思不得其解，急切地去查了资料。原来，"熊童子"都很喜欢日照，只有吸收到一定的程度才会开花，所以我们一般在下午这个阳光最充足的时候才可以看到它们绽放的花。它们不仅外形美丽，还可以吸收辐射、甲醛，净化空气，作用可大呢！

真没想到，这小小的"熊童子"竟然如此奇妙，真是太让人惊叹了！生活中的科学知识可真多，我想我要更加努力吸收知识，同时要注意观察生活，去探索更多的奥秘。

# 窃 读 记

秦一轩

　　在21世纪这个科技发达的时代，手机、平板电脑等电子产品已是人们必不可少的东西。然而，我最爱的不是看视频，更不是玩游戏，而是看书，这既成了我的优点，也成了我的缺点。因为我总是想尽办法地读书，即使是出去吃饭，我也总爱带着一本书。大家说我太爱读书了，定能成为作家，我听后心里总会乐一下。当然，有时我也不合时宜地偷偷看书，浪费了许多时间。

　　记得一个周末，妈妈的同事送了我一套《三体》，我爱不释手，一回家就看了起来，妈妈却说："先写作业，写完了再看！"我心不在焉地回了声："哦，知道了。"然后接着看书，妈妈见我丝毫没有写作业之意，便提高了声音，又补了一句："妈妈的话没听到吗？"我知道，这是无形的命令！只好慢吞吞地站起来，不情愿地放下书，默默地去写作业了。

　　过了一会儿，我见妈妈午休去了，心想：好机会呀！妈妈去睡觉了，我不就可以看书了吗？于是我赶紧捧过《三体》，抓紧时间读起来了。我十分害怕，怕被妈妈发现。我看一会儿书瞟一眼时钟，又看一会儿书。我看着看着便完全融入了小说中。当我看到三体人的"水滴"以地球人无法想象的高科技轻松摧毁地球最强舰队时，我的心不禁怦怦直跳，紧张得一身冷汗；见到有两艘飞船因为反应敏捷，提早进入"前进四"模式逃到宇宙深处时，我松了一口气；可是见到"水滴"又追上来时，我在心里又不禁喊道："加油啊！千万别被摧毁，不然人类就完蛋了！"仿佛我的加油声使那两艘飞船拥有了魔力一般，飞速逃离，将"水滴"远远甩在身后，我这才大大地松了口气。

可在故事中松了口气又有什么用呢？原来，我在看书时早就忘记了时间，一看时间：啊！三点多了！我连忙放下书，写起作业来。不料，还没过两分钟，妈妈就起床了。我怀着不安的心情写着作业。可妈妈偏偏从我旁边走过看了我的作业，发现我才写了一点点，脸色变得十分严厉，询问我："究竟在干什么？"我见形势不对，只好一五一十地把事情讲了一遍。妈妈听后，脸色舒缓了一些，便教导我："作业是学习非常重要的组成部分。写作业既是复习巩固知识的过程，又是发现问题的过程。只有认真地、准确地完成了作业，才完成了今天的学习。今日事今日毕，写完作业便可以轻松地想怎么看就怎么看，和你今天这样偷偷地看，哪一个更舒服呢？"我觉得妈妈说得有道理，于是我听从了妈妈的意见。

果不其然，第二天，我先抓紧时间完成了作业，剩了不少时间去看书，看得不亦乐乎！从此，我就记住了这个教训，"窃读"的滋味并不好受啊。

# 忐忑剪发记

熊飞扬

最近不知怎么了，班上流行起一股"短发潮"，我的母亲大人看见别人剪了头发，软硬兼施让我也去剪。

进理发店前，我感觉自己真是"风萧萧兮易水寒，壮士一去兮不复还"啊。进了店，我立马被一股从心底渗出的寒意笼罩，生出了逃离这里的冲动。店里人挺多，可偏偏到我的时候就刚好有一个空位置。理发师姐姐带我去洗头，姐姐看见我脸上的表情，笑着说："其实，你表情不用这么悲壮的。"我抹了几把不存在的眼泪，躺上了洗头台。姐姐一边帮我洗头，一边夸我发质好，连声说"剪了太可惜"，我在心里表示无比的赞同，可碍于老妈站在旁边虎视眈眈，还是咽了回去。

坐上剪发座，我心中已经有了"十八年后又是一条好汉"的想法。老妈说要剪短发，姐姐说换一个哥哥来剪，他比较擅长剪波波头。哥哥长什么样子我没戴眼镜看不清，但声音是极好听的。

他一直用柔和的声音告诉我别乱动，可每当冰冷的刀锋划过我的脖子，我都会忍不住晃两下。为了不给哥哥添麻烦，我开始转移注意力，不然老是担心下一刻小命不保。梳妆镜旁有个广告屏，我强迫自己看那些无聊的广告，可看着看着，开始放动画片《猫和老鼠》了。我目不转睛地盯着屏幕，理发师一次又一次让我把头转正，最后干脆直接把我头扳过来。

动画片放完，又是无聊的广告，那冰冷的刀锋划过我的头皮，我又忍不住打了个寒战。哥哥叹了口气，或许碰到我这样的顾客，他的内心也是崩溃的吧。

我开始将目光放在面前的小吃上，陈皮糖一颗接一颗地吃，大麦茶一杯接一杯地喝。糖吃完了，有个小姐姐过来帮我换一盘新的，我不好意思地看着她，红着脸说了声"谢谢"。

理发师哥哥帮我吹掉脑后的碎发，我站起来甩甩头，看看镜中的自己，嘀，还蛮清爽的。嗯，剪短发也没那么恐怖。

# 我胖我苦恼

杨子馨

听母亲说，小时候我很瘦很瘦。但是没想到，几年工夫，我竟像吹气球似的疯长，一米六的个子，体重就达到了五十九公斤，整个儿一个小胖墩。走起路来一摇一摆，慢吞吞的，像只小企鹅，稍微用点儿劲儿就累得气喘吁吁，因此我很苦恼。

父母的朋友来家串门时，总会打着"哈哈"对爸爸说："老杨，瞧瞧你女儿又白又胖，平时饮食要多注意哦！"这时我多半会愤然转身离开。

晚饭后散步时，老爷爷老奶奶若碰见妈妈，总会唠叨几句："给你的丫头少吃点儿红烧肉，多吃些青菜萝卜，瞧这个胖哟，夏天都穿不了裙子了！"一位快嘴的阿姨竟冒出一句："不过长胖了也好，以后去学举重、摔跤，没准儿还会为国争光哩！"我和妈妈顿时一脸的尴尬，后来我就拒绝出去散步了。

我真想把自己关在家里，打算永远不出门，可我还要上学呀！

到了学校更糟，同学们纷纷给我取绰号，什么"小肥羊"的，弄得我一点儿自尊都没有。有些同学简直"坏透"了，还会时不时地给我"传授"一些莫名其妙的"减肥秘方"。有的说："我看啊，你去商店买减肥茶喝，包你一个月，像我一样苗条！"说完还故意摆了个造型。有的还搭上一句："这事可不能做得太过火哟，如果你绕着地球跑一圈的话，大伙都该叫你'瘦猴子'啦！"引来一阵哄笑，我的脸火辣辣的，耳根子都在发烫，真想找个地洞钻进去算了。有个坏小子还挖苦我说："如果我是你的话，干脆在身上割两斤肉去卖，既能赚钱，又能减肥……"我感到无地自容，难受至极。

为什么会这样？我究竟做错了什么？我不就胖了点儿吗？我胖又妨碍谁了呢？我的脑子又不比谁笨，我的数学学得挺棒的呀！干吗跟自己过不去呢？干吗不敢见人呢？

放学了，我一溜小跑回到家，冲着妈妈大喊："晚饭后我要跟你去运动！"

# "穿越"到远古

王一旭

期盼了好久，今天终于可以参观城东新区的地质博物馆啦！

这是一座由哈佛红砖砌成的古典式建筑，是地质博物馆的老馆。它始建于1935年，外面已经有些老旧了，显得更肃穆宁静，我们都不自觉地放轻了脚步。

步入馆内，却是十分的干净整洁，馆藏非常丰富。地学摇篮展厅重点介绍了从1937年至2011年杰出的地理学家的风采，我们看得肃然起敬。矿产资源展厅用先进的真人幻象技术和实景模型生动地再现了古代铜矿开采场景，令人叹为观止。不过我们最感兴趣的还是石文化展厅，蓝文石、紫水晶、海蓝宝、祖母绿、海百合化石标本……这些五颜六色光彩夺目的天然宝石，看得我们眼花缭乱，女生更是一点儿也不矜持地连连惊呼（我们男生还是很镇定的）。

走出老馆，我们迫不及待地冲向新馆，早将镇定和矜持抛到了九霄云外——这里有我们最最喜欢的恐龙展厅。

刚进入大门，一眼便望见了一副大恐龙骨架，凶残的霸王龙张牙舞爪地站立在岩石上，摆出一副即将向劲敌进攻的架势，嘴里又尖又长的利牙嚣张地伸在外面，俨然一副备战状态。虽然知道是假的，但它的霸气和暴烈，仍吓得我们冷汗直冒。

跟随着导游，我们又来到了镇馆之宝——炳灵大夏巨龙骨架面前。我们围着骨架绕了一圈，发现它的脖子出奇的长，几乎占了身体的二分之一，整个身体扭在一起，眼睛直勾勾地与人对视，不管哪个角度，仿佛都脱离不了它的视线。它的身体足够大，你可以想象，篮球场有多大，它就有多大。别看它是食草恐龙，但它面对肉食性恐龙毫无畏惧，它的表情与动作，仿佛在宣战："来吧，我战无不胜！"

看着它们，我仿佛穿越到了远古，听到了侏罗纪生命的呐喊和咆哮……

成长的陪伴

# 秋天，就让我想起……

刘雨歌

　　早晨，走在上学的路上，路过小公园时，一曲动人心弦的琴声从远处传来，驻足远眺，原来是一位老者在拉琴。忍不住走近，我端详着他，老人两鬓斑白，额头和眼角都爬满了皱纹。他陶醉于美妙的乐曲中，眼睛随着节奏时而张开，时而眯起，就好像打着节拍一样。我知道，这是《二泉映月》，这首经典的曲子，我从小听到大。我不禁红了眼眶，熟悉的旋律还在，可是我那拉琴的外公，却永远地离开了我。

　　我的外公酷爱民族乐器，尤其钟爱二胡。只要一有闲暇，或是约上几个老友相互切磋技艺，或是一个人独自在屋檐下，拉着他最爱的《二泉映月》。开始的时候，琴声委婉连绵，像溪流一般，缓缓流淌，又随着旋律步步升高，升起跌落，一步步慢慢推向乐曲的高潮。在秋风中，在晨曦里，乐曲久久地回荡，我常常都是在这美妙的旋律中醒来。下雨的日子，不便出门，我看书或做手工，外公拉琴。我累了，偷偷喝一口外公的浓茶，虽是小孩子，也觉得有说不出的安静惬意。

　　可是，随着时间的推移，我家的琴声响起的间隔越来越长——外公病了。他不能像以前一般，他只能经常躺在雪白雪白的病房中，看着窗外的落叶一片又一片坠落在地……但外公很勇敢，犹如琴声壮烈般一直与病魔做斗争，只要病情稍有好转，他依然会熟练地拉起最喜欢的二胡，还是那熟悉的《二泉映月》。但此时的乐曲总是让我们心生凄凉，我常常看到外婆偷偷躲到门外，再进来时，眼睛总是红红的，我知道，她哭过了。这时外公会放下二胡，握住外婆的手。

在那秋末时分，外公走了，床边摆放着他的二胡。站在院中，我总能想起外公拉琴的样子，想起他拉的《二泉映月》。

今日秋风又起，在我上学的路上，我又听到这动人的旋律，在晶莹的泪光中，我想起了我的外公……

# 妈妈，我爱你

秦一轩

"树欲静而风不止，子欲养而亲不待。"当我读懂这句话时，我猛然意识到，我好久没有对我的妈妈表达爱意了。今天，虽然天空相当阴沉，下着倾盆大雨，黑云笼罩，可我心里却暖流涌动，我一定要回去对我的妈妈表达我的爱意，说一声："我爱你！"

晚上回到家中，我一直在思考，如果突然就对妈妈说我爱你，那也太莫名其妙了，会吓着妈妈吧？我要怎样表达出对妈妈的爱，又不让妈妈感到奇怪呢？于是我便一直在等待时机。我一边吃饭，一边想着在各种情形下该怎样表达。可老天貌似并没给我机会，直到快写作业了，时机依然没到，我急死了！可老天的心思真难揣摩，那绝妙的时机在下一刻便出现了。

原来是妈妈买回的酸奶，没吸管，这叫我怎么喝呀？突然间，灵光闪现，我想出了一个好点子！我假装无助地对妈妈说："妈妈，没有吸管，我怎么喝呀？"妈妈回答道："用勺子吧！"我便又问："能不能直接喝呀？"妈妈反应总是极快："直接喝多脏呀，全是细菌，用勺子喝卫生又方便。"我忙感激地说："是呀，妈妈考虑得真周到，谢谢妈妈！听从妈妈的建议！好妈妈，我爱你！"听到我一连串的甜言蜜语，妈妈笑道："哟，你还会爱妈妈呢？还会听妈妈的话？是不是因为听了妈妈的作文建议，被老师表扬了呀？现在便知道听妈妈的话，总会有好处的呀？"我哈哈地笑着，没有回答，算是默认了妈妈的话。的确，妈妈的话总能帮助到我，让我不断地提高。此时，想到妈妈曾经对我有帮助的话，往事一幕幕，在头脑中浮现。

妈妈平时对我，或许是有些严厉，有时甚至还会发脾气，但一切的一切，都是为我好，为了让我更出类拔萃，但我却总让妈妈失望。想到这些年来，爸爸总是常年在外，家里里里外外都靠妈妈一人。妈妈是一个极负责任的老师，学校工作繁重。白天，既要做好教研组长的工作，又要当好班主任，教学任务又重，对学生如爱自己的孩子，细心呵护，体贴入微，这需要多大的耐心和爱心呀！下班回到家，既要忙家务，又要忙我的学习，她瘦弱的身躯扛起了家庭的重担。现在想想，有几个妈妈能做到这么多？有几个妈妈能像我的妈妈那样，既是一个优秀的老师，又是一个好妈妈？有几个妈妈能像我的妈妈那样，付出那么多，却没有一句怨言？又有几个妈妈能像她那样，忙得团团转，却把自己收拾得那么精致，让人羡慕？对于这样的一个好妈妈，我拿什么来爱你呢？仅仅是几句甜言蜜语吗？那几句甜言蜜语，又怎能报答你的爱呢？唯有听妈妈的话，好好学习，把自己的成绩提上去，让妈妈少操心，这是目前我唯一能做到的，也是必须做到的！

母爱如水，在你的呵护下，我沐浴着爱，一天天健康长大。现在，也让我多爱你一些，多为你分担一些，让皱纹慢些爬上你白皙的额头，让白发少来侵扰你爱美的心，让年轻和美丽永远属于你！妈妈，我爱你！

# 雨伞下的父爱

宋雨萱

人们常说"父爱如山，母爱似水"。在我看来，如山的父爱是藏在雨伞下的。

那是一个乌云密布阴雨天的黄昏，天空开始飘洒起小雨。走在一旁的爸爸问道："萱萱，要伞吗？"我不假思索地点了点头。爸爸打开背包，取出了雨伞，雨伞是彩色的，伞把上有些生锈，不好打开，笨拙的他花了好一会儿才把它撑开。"走吧！""嗯！能让我拿着伞吗？"我好奇地问。雨是斜着飘的，爸爸思索了一会儿，摇了摇头，他一直在把伞往我这边偏。"哼，讨厌！"无知的我埋怨道。说完，我就跑了。真是的！拿伞，我就可以到处跑，多自由自在啊。他拿着伞，我的自由就被这把伞给困住了，一点儿也不好玩。

那天晚上，我生病了，也许是着了凉，也许是被雨淋的吧，爸爸带我去了医院。雨下大了，雷电交加。一道闪电劈下来，天空亮如白昼。停了车，还有好长一段路，我紧紧握着父亲的手，父亲把雨伞倾向我这儿，把我整个护在怀里。噼啪噼啪，雨点落在雨伞上，就像在演奏一首爱的乐曲。朦胧的雨雾中，只有我们父女俩模糊的背影……

　　又是一个雨天，一切似乎都没有改变，只是父亲帮我多带了一把伞。可是，我把伞又塞进爸爸的背包，我要他继续为我撑伞。走的还是那条路，只是我一直拉着爸爸那双有些粗糙但很温暖的双手。

　　父爱，深沉、厚重，它无处不在，却又默默无言。在我的童年里，父爱是藏在雨伞下的，让我们伸出双手，去握住那无处不在的父爱吧！

# 成长的陪伴

周奕天

陪伴，是最长情的告白———

仍记得，小时候的我在幼儿园毕业演出的幕布背后独自坐在长凳上，那双不住颤抖的双腿使我的身子仿佛黏在了凳子上，即将上场的我脑海里都是空白，直到我的双耳猛然僵硬地竖起——候场室的尽头响起了两串脚步声，是他们……缓缓抬起头，双眼中溢满紧张，映在瞳仁里的是他已悄然竖起的大拇指和眼中折射出的鼓励，是她那此刻荡漾在嘴边的甜美的笑，似乎在向我无声地传达着什么。而我那颗心在接收到这一切后猛然平静了。是啊，有爸爸妈妈，成长的路上一直相伴，就不必害怕！

幼儿园毕业，意味着小学生涯的开始。一切都变了，不一样的教室，不一样的老师，不一样的同学，而一直不变的是……

从未忘记过，在那个大雨滂沱的日子，我站在门卫亭那低窄的铁皮屋檐下，眼睁睁地看着那雨伞堆成的花海般的世界渐渐离我远去，看着那热闹如集市的校门口渐渐冷清，只剩下了我与保安爷爷两个人。可单薄的校服又怎能承受那夏日暴雨的冰寒侵袭，我缓缓俯下身，静静地蹲在台阶上，校服的袖口在风的怒吼中呼呼作响，飘零的长发在风中狂乱地舞着，我渴望有人打着雨伞，带我离开这个令人恐惧的屋檐。正当我已接近内心绝望，双眼空洞地望着远方时，他忽然出现了，双手紧握着雨伞，但那单薄的伞却仍不受控制地在大雨中摇摆，当那溢满担忧的眼神触及我，瞬间却转成了满眼的内疚与淡淡的欣喜。一路上我沉默不语。回到家，她的一声声道歉与放好的热洗澡水却令我有了落泪的冲动，到那一刻我深切地体会到在我的成长中，我所有担忧的一切，在一直陪伴着的他们的眼中会被无限放大。

六年级的生活，有比以前更厚的作业堆，比以前更晚的睡觉时间，比以前更多的课程……这些无不令我烦躁，但他们陪伴的身影从未消失。

我疲倦地趴在被灯光全面投影的书桌上，一只手无聊地摇着笔，目光却紧盯着那道算得一团糟的题目，终于我在烦躁中冲出了房间，一头栽倒在沙发上。是谁，轻轻抚摸我的脑袋，让我忽然松弛了下来？她默默地领着我又回到了房间，虽然数学并不是她的强项，但她却一遍又一遍地为我在草稿纸上写着。灯光投在她的脸上，她已没有那么年轻，但那个深思的侧脸却美得融化了我的心。

十二年，四千多个日日夜夜，是他们陪伴着我一路成长。爸爸妈妈，谢谢你们成长的陪伴！

# 那件小事温暖着我

臧佳艺

在我上学的路上，有一条漂亮的六车道柏油马路——北京西路。这条路十分宽，路的两边种着高大、整齐的梧桐树，一条黑白相间的斑马线，一头连接着华东饭店，一头对着省政协。

这条路两边不是政府单位，就是饭店银行，而且又离琅琊路小学很近，所以早晚高峰车流量都很大。由于这里没有红绿灯，每天过马路无疑是一件无比惊险的事情。有时马路过了一半对面的车流又来了，站在马路中间，听着车子嗖的一声飞驰而过，再加上车子扬起的风与尘土，我就产生了一种恐惧感，我非常担心我和妈妈的安全。有时车子排成了长龙，我们就要在车子中间穿梭，活像正在走迷宫的仓鼠；更可怕的是车子启动了，我们停也不是，走也不是，只能徘徊在路中央。

可最近发生的一件事却让我很感动！

那天，我像往常一样去上学，来到了北京西路，由于向学校的方向的车流较多，堵了起来，我便像小田鼠一样蹿到了马路中间，接下来的路可就难走了，反方向的车特别多，而且速度又快。这时，许多车开过来，我便站着等它们过去，可打头的车却由远及近地停在了我面前，后面的车也跟着它停了下来，原来它们是在让我走呢！我快速地跑过马路，当我再回过头来，想看看礼让我的是叔叔还是阿姨时，那辆车已飞驰而去，我对着它远去的背影默默地说了一声"谢谢"……

当你在过马路时，会有一个人或一些人牺牲自己的时间来静静等待你安全走过，是多么令人感动啊！这件小事一直在我的心里温暖着我！

# 窗　外

吴彦开

　　我房间的窗户正对秦淮河，站在窗前，可以看见楼下的荒地、秦淮河的河水与堤岸，空气清新的时候，还能看到很远处紫金山的一座山峰。

　　楼下的荒地是小朋友们常去嬉戏的地方。那里没有任何被修整过的痕迹，脚下踩的是泥巴地，地上长着二十余丛野生灌木，野生野长，虽然不怎么好看，但是密密实实的，排列的形状还挺有趣，有的似墙，有的呈球形。站在"墙"后向下俯视，常能看见"墙"后蹲着小朋友，他们不时换堵"墙"，似乎是在玩捉迷藏，要让捉的人找不着自己。冬天下雪时，球形灌木上铺着厚厚的雪被。我刚睡醒，就能听见楼下荒地传来的欢笑声，球形灌木漂亮的雪被已经很是斑驳了，倒是不少打雪仗的孩子变成了白头翁，他们依然欢快地穿梭在灌木间，时不时，再捞点儿雪，还没来得及搓成一团，就匆匆掷了出去。

　　秦淮河河堤分上下两层，一排修剪整齐的长方形植物列在上下分界处，充当护栏。下层就是简单的水泥路面，上层地上精心铺着灰色的条形砖。下层靠河处种了一排垂柳，柳条很长，不少都漂在水面上。水虽混浊，但在无风时仍能清楚地看到电视塔的倒影。水位低时，水草常从水里冒出头来。太阳还没出来，堤上就有遛狗的老人，不时传来狗叫声，一只狗叫着，其他的也会跟着起哄。老人们或许喜欢的正是这份热闹。日暮时，常有许多奶奶、大婶们排着不那么规整的队伍围着一个音箱挥着手转圈，间或扭一扭。不怎么整齐，也不算优美，但是她们跳得很高兴，嘴里还哼着。离着不远处的舞剑队伍就有板有眼多了，服装整齐，还有道具，据说是太极剑。真慢啊！脚像踩在棉花上一样，一招一式慢慢地送出去。小时候，堤上还常见一位特立独行的大爷，总喜欢抓着拖把一样的大毛笔，就着地砖的框子写字。可能是笔太大的缘故吧，他写得不快，但笔意相连，行云流水。写完，大爷就坐在旁边的墩子上，微笑地看着自己的大作慢慢地变淡，消失。那时，爷爷常牵着我，一句一句地读地上的诗，至今我仍记得一句——"明月何时照我还。"

我常站在窗口向外看，想念小时候的日子，对孩子们的无忧无虑与老人们的悠闲自在的生活无限向往。

# 肚子里长梅树

刘小雨

　　生活呀，就像一条路，我们总是着急往前走，想着快点儿长大，快点儿长大！却容易忽略身旁的美景。让我们放慢脚步，回头看看，以前的我们可能无知，可能幼稚，可能引出过不少笑话，但这些事现在回忆起来却让人感到那么的温暖与弥足珍贵。

　　这是一包话梅引发的"危机"。

　　小时候刚到南京，懵懵懂懂的，看啥都新奇。妈妈带我去了欧尚超市，给我买了一小袋梅子。走在回家的路上，妈妈对我说："丫头，你尝尝这个，酸酸甜甜的，可有味道了！"她打开袋子，拿出一颗放我嘴里。我吃了老半天，终于把吃掉第一颗的任务完成了，很开心地对妈妈说："妈妈，梅子吃完了！"紧接着，妈妈又给了我一颗，放进嘴里，并把剩下的袋子一股脑儿地塞到我的手里。就这样，嘴馋的我吃完一颗又一颗。"嗯，真好吃，又酸又甜，就是咽着有点儿困难。"我想着，扬着胜利的微笑对着妈妈比着"V"字。

　　到了这时粗心的妈妈才终于发现我一袋梅子的核都没有吐出来，忙慌张地对我说："丫头，你没有吃到核吗？梅子的核呢？”

“吃啦！”我自豪又天真地回答。

妈妈无奈地对我说：“你呀，明年这时候，我就可以吃你肚子里长出的梅子了，不用再花钱买了。”

这下我着急了：什么？妈妈是说梅核会在我的肚子里发芽，长大？那不会撑破我的肚皮吗？想着，感觉肚子都疼了起来。

我想喝点儿水，把梅核冲出来。妈妈制止了，说什么喝了水，梅核也会喝的，并且会长得更快。我可体会不了妈妈的幽默！这下子直接哭了出来：“妈妈，我怎么办呀，会不会活不长了？”

妈妈终于捂着嘴笑了：“丫头，妈妈骗你的，梅子核吃下去，只会引起肠胃的消化不良，不会发芽长大的，不哭了啊，乖乖！”

“真的吗？”

“真的！你看，小花都要有阳光的照射才能长大、开花，是不是？你的肚子里没有太阳啊。”我点点头，终于放下了心。

“以后知道吃梅子要吐核了吗？”

“记住了！要吐核！”我虚惊一场后吐了吐舌头。

唉，粗心的妈妈，幼稚的我，但现在想起来还会让我会心一笑！

# 乡 情

郁 蔚

十一年前的那个阳春三月，这条小溪里流淌着我的初啼。此后的几年，从咿呀学语，到琅琅书声，小溪里流淌的，除了流水，还有我的记忆。

小燕呢喃，唤醒了小溪，鱼儿吻着溪石，小虾抱着水草，那些偶尔跑过的孩子，惊动了鱼虾，于是鱼儿甩一甩尾巴，虾米摇一摇长须，于是水波漾开，只有"歪歪"轻悄悄地缩回自己的肉，关上了门。远处孩子们的小瓶里，一定装满了"小逗点"吧？

知了长吟，小溪里不再有游鱼，那几株水草下也静悄悄的，不知它们去哪儿乘凉了？下午时，总有一些孩子忍不住地来"过瘾"。女孩儿在上游，男孩儿在下游。男生堆里吵吵嚷嚷，不时传来幼童的哭喊，稍大些的孩子们在一旁训斥。过了一会儿，又被泼水声盖住了。夕阳下，每个孩子脸上都是金红的，都是不舍的。晚上的星空映在水里，满眼是黑底色中的白珍珠，又像是黑山洞里忽闪的萤火虫。

金风送爽，抓着哥哥的手撒娇，总能得到一小罐蚯蚓，拗一小段，穿在钩上，丢在河里，一会儿便是一只龙虾，运气好便有泥鳅、螃蟹，还有小白鱼。用油煎一煎，脆脆的。也有运气背的时候，蚯蚓不知何时脱了钩，便一只收获也没有。那时的餐桌上的河鲜，比如姐姐摸的河蚌，哥哥捉的泥鳅、黄鳝，摆满了一桌，成了母亲向人炫耀厨艺的材料。

雪花纷飞，溪水结冰了，厚厚的一层，我们便穿上雨裤，坐在冰上向下滑。当然是要有人开道的，把浮雪拨开，露出冰道，于是既有了雪墙挡住前面大片的芦秆、乱枝，也准备好了宽宽的赛道，从来都是我滑得最快。于是，我被当作另类，而他们常常拒绝让我参赛。

如今的小溪仍在不停地流淌，如今的我也还爱着这条小溪，因为我的童年记忆还在这儿，只是时间，只是时间它无情地扯开了我与小溪牵着的手。

我要说，我是多么希望，把万千思恋化为小白船，轻轻地放进小溪里，带着我远离故乡时的乡愁，流过那幢熟悉的老房子，流过我的回忆，流过那段愉快的时光。

# 天边飞来一只鸟

刘 畅

初秋的一个午后，我坐在飘窗上看书，暖暖的阳光温柔地洒在身上，真是惬意极了！不知不觉我就打起了瞌睡，进入了甜蜜的梦乡。

扑哧、扑哧，一阵细微的扇动翅膀的声音打破了这慵懒午后的安逸。原来是一只鸟从远处飞了过来，它有一身雪白的羽毛，漂亮极了！我抬起头打开窗看着它，它居然说话了："小姑娘，我来自你的老家，你爷爷种的石榴成熟了，可是他不肯给我们吃，说是要给他的孙女留着，你一定要快点儿回去啊，这样我才能吃到那香甜的石榴，你爷爷种的石榴可好吃了！"它的话音刚落，我便惊醒了，是啊，好久没回去看爷爷了呢！

国庆假期到了，我们一早便驱车开往老家。一到院子门口，首先映入眼帘的便是那棵大石榴树，这棵树已经有十几年了，满树密密麻麻的石榴早已把粗糙的树干压弯了腰，就像是一个驼背的老人。爷爷正站在石榴树旁用小竹竿赶着来"偷吃"的小鸟，那深深的皱纹和微驼的身影不正像这棵老树吗？

见我们回来了，爷爷脸上乐开了花，连忙带着我们摘石榴。

奶奶告诉我，自打石榴成熟了，爷爷天天坐在大树底下赶小鸟，生怕它们把石榴啄坏了。爷爷的石榴可是百分百的绿色水果，虽然外表看起来不如水果店里的好看，甚至有些斑斑点点，可是剥开来却非常惊艳，一颗颗红宝石紧紧地依偎在一起，晶莹透亮，就像一家人手拉着手、肩并着肩。爷爷总是帮我一粒一粒剥好放在碗里，我总是抓了一把就塞进嘴里，酸溜溜、甜津津、美滋滋的，那汁水一直甜到心里。爷爷总是微笑着坐在一边看着我吃，眼中闪着幸福的光芒。

幸福的时光总是过得很快，没过几天我们就要回南京了，临走前爷爷给我们车上装了满满两箱石榴。我再看了看那棵石榴树，爷爷留了一些小石榴在树上给小鸟吃。一群小鸟正在树上撒着欢儿地啄着石榴水儿，这时我又看到了那只漂亮的白色鸟儿，它边吃着边朝我叽叽喳喳地叫着，仿佛是在感谢我呢！

再见了，爷爷！再见了，石榴树！爷爷的身影越来越小，鸟儿的叫声越来越轻，我的思念却越来越长！

# 啊，故乡

刘宜静天

　　年幼的我在床上不停地打滚，屋里的电视中一位走红的女歌星娇声嗲气地唱着歌，此时，再美妙的歌声在我心中都是噪声，家乡真是烦透了！

　　下雨了，雨点无情地打在泥地里，一滴一滴，汇成一摊黄黄的水，到处都是稀泥，一脚踩上去鞋都拔不出来，稀泥搅和在一起，空气中弥漫着一种淡淡的臭味。不知谁家的鸡圈锁松了，成群结队的鸡扑腾着翅膀，从你脚下蹿过，惊叫着在你身上溅一堆泥，当你反应过来，要去打它们时，又早已逃之夭夭。屋内一只只"吸血鬼"——蚊子趁你不注意，在你身上咬几个包。没有空调，只有吊在头顶的电风扇呼呼地转着，背上一片潮湿，衣服紧紧地贴着背，那黏糊糊的感觉与臭臭的汗味儿真是让人受不了。

　　后来，我长大了，家人把我送到南京来上学，高耸入云的大厦，流光溢彩的广告，琳琅满目的商品，把我深深地吸引了，于是我便忘记了老家那宁静、和谐、安逸的生活了。

　　在城市住了一段时间，我总感觉少了什么，但又不能清楚地表达出来。一天，我看到了一则新闻：据报道，城里邻居住十年竟不认识对方，把邻居当成小偷。那一刹那，我知道少了什么东西，是邻里间互相的关心，还有自由。

我突然好想回到故乡！

那时，谁家炖了一锅好肉，总要站在门口，大声吆喝着招呼邻居们进来吃饭，一起说说笑笑，宾主尽欢。我们可以在草地上自由地奔跑，那未完工的工地是我们"战争的沙场"，有时也会因一些小事而打架但很快又会和好。天上的风筝承载着我们每个人的梦想。看向城市，邻居之间被冰冷的铁门隔开，你的一切行为都要受到约束，甚至在自己的家里，都要注意不能弄脏了地板，不要碰倒了花瓶……

下雨的泥地里有我的脚印，参天的树林里有我的"基地"，隔壁的墙壁上有我的字迹。啊！故乡！你为我的童年涂上色彩，那是我珍贵的回忆！

# 来一碗重庆小面

渝 风

古人云："王者以民为天，而民以食为天。"国人好吃，味不分南北，食不论东西；古人重吃，四时祭祀，无非吃食。唇齿舌间有乾坤，山珍海味大哲理。而我不吃那山珍海味，只希望来碗正宗的重庆小面。

深秋，在寒风中，只希望在中午能吃一碗重庆小面，驱走寒意，消去满身疲倦。

若要吃得一碗正宗重庆小面，是极不容易的。因为备调料需要很多工序。调料是小面的灵魂，一碗面条全凭调料提味儿。我妈妈是重庆人，我有幸吃过她做的正宗的重庆小面。你看，重庆小面需备得这些调料：酱油、味精、油辣子海椒、花椒面、姜蒜水、猪油、葱花、花生粒、榨菜粒、白芝麻。选用酱油，最好是重庆本地黄豆酱油，色泽鲜亮，味道浓郁。放调料也有讲究，其他调料的次序可以打乱，但是酱油必须先放。然后加入味精、油辣子海椒（油辣子是小面灵魂中的灵魂，选料和制作工艺都很考究）、花椒面、姜蒜水（将姜蒜捣成泥，用开水冲调，冷却备用）、猪油（用上好板油熬制，有了它，面条才爽滑细嫩，更有口感)、葱花(最好是火葱,够味)、榨菜粒(涪陵榨菜名扬天下,重庆小面自然少不了它)、花生粒(炒香的花生碎粒),还有白芝麻,将各种调料搅拌均匀,再倒入一些营养又鲜美的筒骨汤,那麻辣鲜香的小面汤料才算完成。接着在烧开的水中烫些青菜,熟后捞出盛盘备用。最后煮面条,两分钟左右即可,将煮好的面条盛入汤料中,撒一些葱花,再放上几叶青菜,一碗热气腾腾、令人垂涎欲滴的重庆小面终于做好了!

看着那令人垂涎三尺的正宗重庆小面,我强忍着吃的冲动,先来细细观察一下,饱一饱眼福。

只见那红如玛瑙般的汤中,沉着米黄色的面条,被那红汤映得接近红色,汤面上漂了些绿油油的青菜和葱花,更显出那汤的鲜红,似绿叶衬红花。这碗面,远远望去犹如一块价值连城的雨花石,红绿相映间,那一颗颗花生粒成了点缀其中的花纹,让它无比吸引人的胃口。

终于,忍不住了,开吃!

还未吃到面条,花生、芝麻所散发出的香味已扑鼻而来,让人胃口大开。吸一口面汤,那辣味儿直入胃里,顿时感觉来到夏天,奇热无比,脱去外套继续吃。用筷子卷起一卷面条,放入嘴中,慢慢嚼,那麻辣味儿随着唇齿间的蠕动,缓缓扩散,从舌尖到全身,都被那浓浓的麻辣所占据,豆大而滚烫的汗水不断滴下。吃口青菜解解辣,可想不到那不怀好意的"小小地雷"——花椒小粒,不知何时已埋入菜中,只等我上当,我一口咬下,嘴唇都颤抖了起来,天哪,真麻!可即便这面再麻再辣,也止不住我吃面的脚步。因为那麻辣味儿的面条越吃越鲜美,爽滑劲道,满口生香,让人欲罢不能,真是慈禧也未曾吃过如此美味!

我一边用纸抹汗,一边享受麻辣所带来的快感,切身体会到了重庆人冬天少生病的原因。原来得了感冒，吃碗小面，淌了满身的汗，睡一觉，病就好了！这面，看来不仅是好吃的美食，还是一种美味的排毒药啊！

吃完一整碗面，一整盒纸用去了一半——全去擦汗了。在寒风中吃一碗重庆小面，顿时让人热血沸腾，全身暖和。

真希望在所有寒冷的日子里都能吼一声："来一碗正宗重庆小面！"

# 传统的泡馍

夏小沫

文化古城西安，不仅历史悠久，而且美食也非常传统。我们问了许多当地人，才找到这家最传统的泡馍店。

这家店在一条老街上，一进门一股羊肉的鲜味扑鼻而来，中间还伴着凉皮的辣味和花生香。店里热乎乎的，排队的人还真不少，有些回族的奶奶只买上几个馍就回家了。一个包着头巾的老奶奶颤巍巍地花了五毛钱买了半个馍，看我们是外地的，还热情地对我和爸爸介绍这儿的泡馍好吃。这更让我肯定这家店的美味、正宗了，真有点儿迫不及待啊。

泡馍刚端上来时热气腾腾，淡黄的汤汁里满是撕得碎碎的馍块儿，乌黑发亮的木耳切得小小的，大小适中的羊肉煮得烂烂的，点缀着几根青葱，吃的时候，你还会发现埋在汤底的细粉和鲜美的金针菜。店家还会配给每人一小碟糖蒜，专门用来给你解油腻。这蒜脆脆的，并无冲味，还酸酸甜甜，很是爽口。它是由糖和醋腌制而成，既不过酸，也不太甜，喝完一碗羊汤，吃上几个正正好！

羊肉泡馍刚上来时，先喝一口羊汤，羊肉的鲜美香醇、泡馍面的感觉一并涌入平淡无味的口腔。再吃一嘴羊肉与馍，碎碎的馍很有嚼劲儿，不像南方的烧饼一泡就烂，它吸满了羊汤的香醇和鲜美，一咬下去各种味道让你的口腔想爆炸——太好吃了！烂熟的羊肉裹挟着劲软的细粉在舌尖翻滚，感觉像是大片的云朵在舌尖穿行。断粉率先滑入喉咙，紧接着羊肉便如流星般进入我的肚子，留下一长串鲜香的余味。不急，还有清香的大葱、脆软的木耳、调味的金针菜……啊，非常正宗！这是最传统的，没有加入任何现代气息的原始味道！我想将这美味慢慢地、细细地享受，又想一口接一口毫不停顿地大吃下去，真是矛盾啊。

　　在西安，我尝到了老字号的羊肉泡馍，它融入了西安的历史与文化，是传统的味道！

# 高 邮 包 子

安 安

说到高邮，人们便会想到冒着红油的双黄鸭蛋与美丽的运河风光，而本地人却会告诉你，这儿最具特色的，是吃早茶。

早茶里可是缺不了包子的。三五个朋友，捧着杯清茶，烫碗干丝，面前再放一两笼包子，就可消磨一上午的时光了。

每次暑假回老家，都会去饭店吃早茶。一路上没几个人，冷冷清清，只有些许早锻炼的。可进了饭店就是另一番景象了，里面热气蒸腾，人声喧哗，走到哪儿都有熟人，尽是些打招呼的声音，人人面带微笑。当然也有不和谐的声音——生意太忙了，漏了谁的单子，左等不来，右等不来，可不就发火了。可是却发不出来，为什么？因为已经有熟人拿了一笼热腾腾的包子塞给他："先吃，先吃，不气，不气。"

我拉着婆婆好奇地站在厨房的观景玻璃前，这里也有许多外地来的人来现场观看厨师们做包子、蒸饺。品种可不少，最受欢迎的是笋丁肉包、肉蒸饺、青菜包和松子烧卖，这些我都爱吃。还有"三丁"和"五丁"包，里面是鸡肉丁、笋丁和香菇丁或再加上虾仁丁和海参丁，当年乾隆皇帝都吃过呢。只见厨师，一把抓来一个面团，就正好是一个包子的量。啪，拍在案板上，顺手用擀面杖一擀，一张圆圆的皮就出现了，把调好的笋丁肉馅放进去，再放一块猪皮冻，手指飞速地拿着包子转一圈，一个皮薄馅大的包子就做好了……我看得满足了，高高兴兴地回到座位上，等待着自己热腾腾的包子。

包子上来了，先不忙吃，要拿筷子先把包子松松，不然等会儿会粘底；倒碟醋，放几根姜丝；再备好清茶，好的，现在可以吃了。不过，吃的次序也有讲究，必定先吃蒸饺，因为它皮和馅之间满满都是汤汁（有点儿与无锡小笼包相似，但它吃起来可比小笼包过瘾多啦），要趁热吃，也易破，小心提一个角夹到碟子里，咬小小一个口子，先把汤汁喝掉，再吃其他，嗯——美味！吃完蒸饺，大家就可以各取所爱啦。你可别妄想把每个品种都尝个遍，高邮的包子个儿可大，它和广东的小茶点可不一样，你要能一次吃到四个以上，我都得对你竖大拇指！

吃完了，抚着圆滚滚的肚子，喝几口清茶解解腻，看着还剩下的诱人的包子，真是意犹未尽啊……

# 端午的鸭蛋

秋 雨

小时候，我最盼望端午节。

因为端午节是孩子的盛会。那时的我们最爱这第二个"儿童节"。

端午假期，是我们家兄弟姐妹团圆的日子。一年里仅有这么四次，除了寒暑假和元旦，我们不太会团聚。一到这时候，每家的孩子首先想到的就是——"吃"。

鸭蛋或鹅蛋用黄泥和盐裹一层，经过一个月的等待，终于在端午这天"重见天日"了，青色、白色、大个儿的、小个儿的，我们便开始挑鸭蛋。青壳青得透亮，个个都是好鸭蛋。别人家的孩子常是挑挑拣拣的，大半天才能挑一个好的咸鸭蛋。我家只要挑个儿大的便是了。

挑了鸭蛋还要编网，大姐、二姐的鸭蛋络子编得最好，卖网的小贩常常被抢了生意。我们几个小些，常常向别人炫耀我的鸭蛋络，自然为大姐、二姐揽了不少生意，假期几天逛庙会的钱都有了。逛完庙，走！去抢船位。

龙舟赛两边已被围起，我们撑篙去看比赛，提前两小时去，才能抢到好位子。漫长的时间里，我们便开始"斗"鸭蛋，谁的鸭蛋先坏，就要给对方吃，三姐、五妹和我一边助威，一边吃鸭蛋，我们常把吃不完的鸭蛋分给邻船的小孩儿，就这么吃着玩着比赛就开始了。

我们中有些熊孩子便纷纷跳水，一路跟着游一趟。"好耶！""加油！"孩子们的喊声震天，但却不是看龙舟而是看"追舟"的孩子们。

黄昏时，××龙舟队站上了奖台，举起一个玻璃龙头的奖杯回去了，我们也一起回去了。回家吃粽子，蛋黄卤肉和蜜汁粽、红枣粽一抱两三个蹲到田里去了。

我们高兴地吃着粽子，看农村纯净的夜空上星星一闪一闪，听农村草丛里蝈蝈一应一和，催熟了麦子，家里又能上新米了。

当晚坐上了回家的火车，次日早上六点已被妈妈唤醒。我的眼神是失落的，我刚刚还做着吃鸭蛋的梦，转眼已经惊醒，那是你们所想象不到的心里最寂寞的一刻。

# 独立的芽儿

夏小沫

那个夏天，在阵阵海风中，我成长了，学会了独立。

夕阳西下，绚丽的晚霞铺在天边，大海异常地宁静，映出柔和的色彩，金色的沙滩沐浴着太阳的余晖。我在搭着沙堡，爸妈在栈道上坐着陪伴我。可一会儿后，妈妈扶着头上直冒冷汗，手捂着肚子的爸爸走了过来，原来爸爸的胃病犯了。爸爸要回去吃药，妈妈不放心我，又要照顾爸爸，她很犹豫。我从小都在父母的保护下成长的，从来没有脱离过长辈的视线，那我什么时候才能长大？我思考片刻，故作勇敢："没事，我长大了，而且这是酒店里的沙滩，很安全的。爸妈你们放心，我把沙堡搭完，不乱跑。"妈妈被我说服了，摸摸我的头，和爸爸回去了。

渐渐地，我发现旁边的小朋友都有家人陪伴，只有我一个人孤零零地坐在沙滩上，我的心里泛起了慌乱的波澜。又是一个陌生人从我身边走过，我的心头涌起一阵恐慌，我真希望爸妈就坐在我身后，我一转头就能看见他们啊！我有点儿后悔了，刚刚是不是应该跟他们回去的啊！可我又想，如果这次我又退缩了，半途而废的话，我何时才能学会独立呢？在努力平复心中的恐惧后，我悄悄往四周探望，发现其实并没有人关注我，天还是那么亮，海还是那么蓝。我壮起胆子走在海边，很快各种美丽的贝壳吸引了我的注意力。吹着和畅的海风，我捡拾起一个又一个独具特色的小贝壳、小海螺，恐惧、害怕等情绪已经不知什么时候悄悄溜走了……

妈妈回来了，我把我的收获捧给她看，我们把这些美丽的小东西带回了南京。啊，它们可是见证着我成长的朋友啊，在那个夏天，在一路捡拾贝壳的时光中，我丢掉了胆怯，获得了勇气，而且，我的心中长出了一棵"独立"的小芽儿……

# 紧张的那一刻

杨静怡

说来不怕大家笑话，身为一班之长的我，给同学们转述老师的一些要求时还会紧张。

最近，如此腼腆的我还是迎来了一个大难题——在二班老师听课的情况下，我需要给大家做一次演讲。虽然，我已经做了充分的准备，但是仍在心里祈求千万次能获得延缓演讲的机会。

这天还是来了。丁零零——这格外刺耳的铃声吹起了冲锋的号角。我在一片稀稀拉拉的掌声中缓缓站起，硬拖着比铅还沉重的双脚一步步迈上讲台。

我担心地看了看四周。身后的好友向我投来一个鼓励的微笑，我勉强地勾起嘴角，一丝苦笑回应。在我如此紧张的一刻，更多的同学还是冷漠以待：有的啃着手指，一脸无所谓的表情；有的手在机械地鼓掌，头却撇向了另一边；有的鼓掌特别起劲儿，却是一副幸灾乐祸的表情。

我的心跳越来越快，一边咬紧后槽牙，一边还得微笑以对。我双手紧贴身体并用力拉住衣角，看起来笨拙又紧张。在这本就不响亮的掌声中，我的脚步声显得格外清晰。我感到双腿紧张地发抖，因而走得特别艰难，好像底气不足。我试图寻找一个让我放松的理由。好在二班老师还没来，就算丢脸也是在班上，顶多也就课后被他们拿来打趣。我回过神来，感到已被揉皱的演讲提示稿痛苦地缩在我紧握的拳头里。

天哪，我的稿子！只能自己发挥了。可是，没了稿子，心里更没底，万一出错了怎么办？

这从走出座位到站在讲台的一刻，短短几秒却如此漫长。

我硬着头皮上去，从一开始的紧张到后面的渐入佳境，终于完成了演讲。当我回到座位，才发现手心和后背都湿了。

直到下课后，我还消散不了那一刻的紧张感，但我知道，那一刻的我，已在悄悄成长。

# 脚　印

## 姜振宇

一个周末过来，大脑懒散了不少，腿也不想动了，收拾书包的节奏也慢了许多。

啊——我打了个哈欠。"咦？这项作业为啥是白卷？"我拎起一张纸，"糟了，作业没写！"我慌了。"小宇，该走了！"爸爸在远处喊着。爸爸又在外面催了。"怎么办？"算了吧，就说没带吧。我故作镇定地把作业收进了书包，走出了家门。

到了学校，我坐下，打开书包，拿出那张纸，还好，没人看见，我胡乱把那作业扔进抽屉里，干别的事去了。

下课，一见到老师，我就躲开，尽量避开老师的目光。老师来要作业，我总是到座位上，装出在找的模样，十分卖力地找，往往一找一整个课间，上课铃响了，老师离开了教室，我才松了一口气。

"是祸躲不过。"一下课，老师把我叫到了办公室。坏了，被发现了！我装成没事人一样，来到了老师的办公室。

老师问我写没写作业，我一开始不敢回答，在老师的再三追问下，我低着头说出了实情："我……我……我没写作……作业。"

我在等那一顿痛骂。

几分钟过去了,没动静。

我缓缓抬起头。老师只是严肃地看着我,过了一会儿之后,她才问我:"一早上的感觉怎么样?"原来,我的故作镇定和装模作样老师都看在眼里呢,心中的羞惭不觉而生。"犯了错不要紧,重要的是承认,要认识到自己的错误。"我的脸红红的,像被火烤了一样。

我走出办公室,门前有一摊水。我一不小心踩了上去,走到哪儿都留下了一个脚印。这脚印深深地印在我的脑海中。

# 幽　兰

李　馨

　　世上的每一种花都有自己独特的美，不管是荷花的"出淤泥而不染，濯清涟而不妖"；还是葵花的积极向上、永不言败，抑或是梅花之独立、菊花之淡泊，但都取代不了兰花在我心中的独特地位。

　　兰花素雅，比那红艳的花不知多了多少神韵。它的叶片纤细而修长，中心一条细细的深褐色的纹路蜿蜒其中，叶尖锐利，看似柔弱，实则"柔中带刚"。兰花的根部盘踞于土地下方，支撑着花茎撑起了整株花盘，其姿态显得大方、端庄。花盘上的花瓣则稀疏有致，仿佛是在不经意的悄然一瞬间，轻轻悄悄地绽放着。尖部深红如血，但也只是一丝一缕的浓重墨笔便转化为淡丽的水红。再往下看去，更是愈加浅淡起来，渐渐地，渐渐地，由红变粉，由粉渐白……这些色调是那么柔美，就像只用红色渲染，不用墨线勾勒的中国画，笔调细腻、色彩空灵，宛如是撞进了碧水中的墨水——浓墨——重墨——淡墨——清墨，层次分明，在水中缓缓扩开、洇润，流进了兰的灵魂，流进了我的心胸。

　　而在"四君子"里，兰又被称为"独君"，这是因为它具备君子"全德"。比之松、竹、梅这"岁寒三友——松有叶而少花香，竹有节而少花姿，梅有花而少叶貌"，唯兰于叶、花、香三者兼而有之，以气清、色清、姿清、韵清这"四清"而冠压群芳，故而称兰为花中"全德"丝毫无溢美之词。

　　不仅我们，古代诗人对兰也是一见倾心。从屈原"滋兰九畹，树蕙百亩"，到刘向"十步之内必有芳兰"；从嵇康"猗猗兰蔼，殖彼中原"，到陶渊明"幽兰生前庭，含薰待清风"；从唐太宗李世民"春晖开紫苑，淑景媚兰场"，到李白"孤兰生幽园，香气为谁发"……在几千年的时光横流中，中国古代文人雅士从来就没有偏离过"兰"这一主题。

　　兰花之所以能博得世人的倾心之恋，是因为它那"着意寻香又不香"的"幽芳"。空谷生幽兰，兰最使人倾心之处便是如此。

　　兰花从不取媚于人，也不愿被移植于繁华都市。一旦离开清幽净土，必为尘垢玷污。在幽兰素雅的身姿上，大有"众人皆醉我独行，众人皆浊我独清"的高洁志向。在兰花柔弱无骨的娇躯里，我仿佛看见了铮铮的傲骨，也仿佛读出了它心中悠然的坚定与执着。馥郁清新的醉人的芬芳中，我也仿佛读出了它心中悠然的坚定与执着。

　　哦，幽兰，空谷幽兰！

迎着太阳的笑容

# 生命需要自由

刘宜静波

　　我曾很喜欢养鸟，特别是羽毛漂亮的鹦鹉。于是，我央求父母给我买来一对。也许对于当时的我来说，鹦鹉就是会蹦会叫的玩具。它们极为聪明，甚至学会了自己开笼门。一次喂食时，我就发现一只鹦鹉已经把笼门打开了一条缝。我很生气，我认为它们是我的财产，应该受我的管制。我用毛线把鸟笼的门、喂食喂水的小窗固定在了一起，不让它们有可乘之机。

　　有鹦鹉的日子里，天刚亮，它们便叫开了，叽叽喳喳，十分热闹，我们家仿佛成了一个嘈杂的市场。有时候，我从床上爬起来做的第一件事，就是到阳台看看我的鹦鹉在做什么。后来我惊喜地发现，鹦鹉的叫声能引来其他的小鸟落在阳台上。可惜的是我一推门，它们便扑腾翅膀飞走了。

　　原以为有鸟儿来做客是好事，后来我发现那些大自然的鸟儿们似乎勾起了鹦鹉飞翔的欲望，它们成天在笼子里焦躁不安。特别是天空出现鸟影时，鹦鹉们便叫个不停。

　　终于有一天，之前学会开鸟笼子的那只鹦鹉，趁我一时疏忽，飞走了。当我追到阳台上时，它正高高地站在对面的梧桐树上，高傲地看着我："我总算是逃出你的手掌心了，我要去寻找我的自由了，再见！"好吧，你胜利了，但是你毕竟不是有丰富的野外生存经验的鸟儿，肯定会有困难，祝你好运吧。我在心里说。

似乎是早晚会发生的一样，另一只鹦鹉死了，我便再也没有养过鸟儿。

可幼年的我哪里懂得，对生命来说，自由永远是第一位的，可以饥饿，可以无居住地，可以被天敌追，甚至可以死，但只要有自由，依然会感到很幸福。

自由才是所有动物们的志向。

# 迎着太阳的笑容

李卫雅

　　小时候，我与一片向日葵花海有过一面之缘，那金色的大海印在了我的脑中，挥之不去。看着身旁温柔的妈妈，我好奇地仰着头迫不及待地拽着她的衣角："妈妈，那是什么？好漂亮啊！""那是向日葵，妈妈最喜欢的花。"妈妈蹲下身，慈爱地摸着我的头，我眨着那充满好奇的大眼睛看着她："妈妈，她为什么叫向日葵啊？好奇怪的名字。""因为她的花总是面向着太阳。""那她又为什么要面向太阳啊？""因为她是太阳的孩子，是太阳最忠实的粉丝。"……一句句充满疑惑好奇的问题，一声声耐心的回答，交织成一首最美的乐章回荡在金色的海面上，一阵阵微风拂过，海面漂起了涟漪，它见证了我和向日葵最初的邂逅。

　　上幼儿园时，老师曾说过向日葵是金色的摇篮，是灿烂的光芒，是金子般的心灵，是璀璨的明珠，那时的我只是懵懂地记住了这一个个优美的句子。

　　直到我亲眼看到，用心亲自感受到时，我明白了……

　　那天，下了雨，一场十分罕见的太阳雨。

我打着伞正走在放学回家的路上，不知不觉我走到了一片小草丛中。这时，一簇簇金黄映入了我的眼帘。快步走上前去，一株株开得正旺的向日葵彼此笑着闹着推着挤着，有的含羞待放，在风雨的摧残下，显得娇嫩无比；有的已完全盛开，就像一张灿烂的笑脸，让人忘记所有的烦恼；有的似乎已快枯萎，在风雨的敲打下，显得有些狼狈。虽说向日葵的姿态各不相同，但她们却个个望着相同的地方——太阳，我突然明白了什么⋯⋯

　　即使酷暑严寒，斗转星移，她们也依然朝着太阳的方向，也许会迷惘为什么要有执着的追求，也许是因为理想早已扎根于她们的心灵，又或许是因为生命的强韧与旺盛，坚定了一个方向，就要矢志不渝地走下去，尽管会经历霜打寒逼，风雨交加，但对太阳她们始终如一，不离不弃！

　　雨停了，天空似乎出现了彩虹，向日葵熬了过去，经过雨水的滋润，她们更加耀眼。一阵风送来一缕清爽，摇落了一地金黄色的花瓣。只要永远面朝阳光，就不会有黑暗，她们是成功的追梦者，风和雨见证了向日葵的成功和那一颗颗炽烈跳动的心。

# 2016 年，伦敦的土地有我的足迹

余卓凡

今年暑假与往年相比，多了不少交流的乐趣、难忘的景色和文化的触动，只因我踏上了英国的国土，打开了另外一扇窗。

当飞机终于降落在伦敦机场时，那时的伦敦已经快夜里十一点了。来迎接我的是非常可爱的詹妮弗女士，她开着红色的跑车，载着我和朱迪来到了她的别墅。看着旅行团里其他伙伴们羡慕的眼神，那一刻我和朱迪都变得格外虚荣，有一点儿小傲娇。

经过各种波折、不适，收获各种意外和惊喜……我们在英国的生活也就正式开始了。

每天早上一起来，北京时间就已经是下午了。我打电话与爸爸妈妈先聊聊，告诉他们要安心，要开心地等我各种好消息，然后再顺便把早上必须干的事情做好。没多久，詹妮弗就把早餐做好啦。英国人对早餐的态度是十分端正的，种类不像我们在家那般多。在这个两层的小洋楼里的十几天，每天的早餐都是牛奶泡谷物，加上一杯橙汁儿。詹妮弗有的时候会很贴心地询问我们是否吃饱，如果我们没有吃饱，她就会送上一片美味的吐司。詹妮弗在我们吃早饭时，就会用午餐盒贴心地将我们的午餐给准备好。

吃罢早餐，我和朱迪都会特别拉风地搭乘着女主人的红跑车去火车站，一路上我们有说有笑，十分惬意。

不得不说，英国是一个很具有历史底蕴和文化传统的国家。英国有名的大学很多，剑桥、牛津最为著名，我们都得以领略了其中的风景，感受到了其悠久的办学传统和精英辈出的历史辉煌。

不得不说，英国也是一个环境比较优美的国家。十几天里，一直觉得英国的景色特别美，蓝蓝的天空上飘着厚厚的白云，是那样的美丽，感觉自己每一步走出来的都是一幅幅美丽的画。塔桥过往船只，泛舟国王学院路过康桥，伦敦眼上、圣保罗大教堂最顶上眺望伦敦，白金汉宫前观看士兵换岗，大英博物馆、自然历史博物馆、科技博物馆、艺术博物馆令人赞叹，牛津街的繁华，贝克街的膜拜……一幕幕都是英国的风光，让我大开眼界、大饱眼福。

不得不说，这次参加游学活动收获很大，伦敦虽然只是世界一隅，但对我来说却是世界一端，让我了解了中国之外的另一个国家、另一种文化。百闻不如一见，当我踏上那片土地真正去感受的时候，才发现世界真的如此不同，值得我们学习的地方是如此之多。

2016年，伦敦的土地上有我的足迹。这是一次很特别的远足，将值得永远铭记。

# 你是我的一本书

刘淑文

那是数年前的一天，大雨滂沱，呼啸的冷风卷着雨滴敲打在窗前，看着窗外灰沉沉的天空，我的心情也似那黑得欲滴出水来的天空。

想着那片绿油油的才刚及脚面的草坪，那些较弱的小草随时都会被这狂风刮折了腰，心情愈发不好。

雨停之后，我下了楼，楼下一片被蹂躏的情景。原本郁郁葱葱的树木此时基本上都成了光杆司令。有些偏瘦小的甚至扭曲了身形。路上随处可见的小枝丫和满地的叶子。看到这，我的心沉了下去。连这些高大的树木都被祸及，何况柔弱的小草呢？

然而，我被眼前的一切给震惊到了。这哪里像经过暴风雨蹂躏过的。青葱的小草仿佛刚舒展开来，个个挺直了腰杆，微风拂动，还轻轻地摇摆，一片绿油油的景象。

再次雨水降临，我才发现……风刮过，会吹弯它们的腰，但大风过去，它们还是会直挺挺地再次站立；雨滑过，会打低它们的头，但大雨过去，它们还是会高高地昂起它们的头……

这就是小草，这才是小草，柔弱之中包裹着坚强。

小草啊，你是我的一本书，你教会了我许多许多……

每当我遇到困难之时，我便会想起那片小草，它们是如此娇弱，却又如此顽强，面对风雨的挑战，它们没有正面迎击，它们只是稍稍弯下身子，以抵挡考验。

芳草之所以会成为芳草，在于它们忍受了大树压顶，忍受了狂风暴雨。在人生的道路上，我们必定会遭遇到困难与挫折，让坚强走进我们的心灵，我们将会战无不胜，没有什么困难可以打败我们的。让坚强走进我们的心灵，这句话一直萦绕在我的心中，使我克服了许多的困难。这些都是小草这本书教给我的。

迎着太阳的笑容

# 带一本书去旅行

任虹彦

　　我站在属于我的那个琳琅满目的大书橱前，不顾妈妈的催促，慢悠悠地挑出一本书放入书包。出远门时，我总习惯性地在书橱上拿下一本书伴随着我，也许有时候我不会去翻看它，但能取得一种心灵上的安定感。

　　这次随妈妈回乡，远离城市里春节的寒冷寂寞，大巴摇摇晃晃地把我们带入了另一个世界。在这里，望得到湛蓝天空上的云卷云舒，也听得见鸡鸣四起。可以蹲在浑浊的小水洼边捞小鱼小虾，也可以踢着小道上的石子与伙伴们说说话。

　　所以我选了它——《爱是一种微妙的滋养》，作者沈煜伦。

　　本以为忙碌充实的乡下生活让我压根没有时间去翻开它，但在某个暖烘烘的下午，坐在木质的吱吱呀呀的小凳上，耳边只存在风轻轻地呢喃，我沉浸在这本书里。

　　"心中有爱，便是晴天；心中无爱，阴雨连绵。"在这个世界中，爱以很多方式存在着，自然对于我所处的这片土地的爱，母亲对孩子呵护的爱，孩子对糖果流口水的爱，一片树叶对大树的爱……

我和亲戚一起登上土坡，脚下是绿得发亮的青菜田，眺望远方，没有积木似的摆放在那里的高楼大厦，没有厚重窒息的雾霾。只有和大自然的亲密接触，让心胸都跟着开阔起来的原野。我呼吸着天然氧吧的空气，望着静得如画一般的塘水。温暖的太阳光带着爱意扑在脸上，我心中被爱充盈，想起沈煜伦的文字，没有贫嘴滑舌，像指明道路的灯塔，就在远方静静地伫立着，但光芒却能正好地照进每个人的眼中。可以让你在听他诉说的过程中，眼眶一直都是湿润的。为了治好奶奶的食道癌，丁丁从医院五楼跳了下去，年幼的他还不知道，自己的食道太小，无法捐献给奶奶。每一个故事都带着朴素的真实，让你在感动、悲伤、挣扎、不舍中，体会到爱的热烈、平淡、浪漫、悲情。

　　或许于你，我并没有经过什么跌宕起伏的旅行，也没有一丝的传奇色彩。但是于我，在十二篇文章的流连婉转之中，我看到了这世界上绝无仅有的朴实无华而又伟大无比的爱。

　　愿每个人都能心中有爱。

# 深　处

张思钰

在阳光投射下的金色的幻影里，我用手随意地翻着书页。我心不在焉地抬头望了望远处的树林，忽然想到了那一天偶遇的园子。园子深处的一派春日美景，又何时才能再次目睹呢？

那天我偶然经过一个园子。园子是隐蔽的，隐隐约约才可看见一个破败不堪的小木门，周围全是半人高的杂草。推开木门，吱呀一声，听得让人毛骨悚然。我赶紧把手缩进口袋里，轻轻迈开一小步，随即往左右看了看。没人。

我这才发现地上的路高低不平，好像全是用黄土和泥沙堆起来的，让人只得小心翼翼地走着。身边安静得没有一点儿声音，虽说是下午，两旁的树影看起来也显得那么阴森可怖。

我继续向前走着，两旁多了几个锈迹斑斑的长椅，上面的落叶覆盖住了整个椅面，看来像是很久没有人打扫过了。也是，入口那么隐蔽，又有多少人和我一样清闲呢？

阳光跃过树的缝隙落在地面上，没想到这么破败不堪的地方也有阳光。耳边忽然传来一声清脆的鸟鸣，随即是鸟儿翅膀拍动的响声。它在表达些什么？它也要远离这个地方，重觅新的家园？草地上一丛不知名的小花映入了我的眼帘，我蹲下身去，用手指轻轻触碰它。它蓝得那么明亮！我不忍心摘下它，便继续向前走去。已经到了园子的深处了，我不由得停住了脚步。

眼前是几树盛开的、闪着光的藤萝，每一朵小小的花都紧挨在一起，像是一个个小巧玲珑的紫灯笼，里面满是甜蜜的糖浆，不时吸引了蜜蜂与蝴蝶的光临。连我都想尝一尝这琼浆玉液的滋味。我惊异于这儿的美丽与先前的场景是有多么大的差异！周围还有一些翠竹，不禁让我想到了古人"青林翠竹，四时俱备"的赞颂。竹叶长得绿油油的，十分茂盛。地上又出现了许多不知名的小野花，只不过比之前的颜色更多，更璀璨，就如夜空中的点点繁星一般。两旁的银杏树长得很高大，嫩绿的叶子在树枝上随风跳着华尔兹；树下还有去年秋天落下的果实，把树下堆得不留一点儿空隙。

这园子的深处，竟如此的令人心动而着迷。也许过不了多久，它就会逐渐荒废掉了。我突然回过神来，又低头看了看书本。我不由得想到那些内心深处曾经许下的一个个梦想，是不是它们也因为时间的流逝而随风而去了呢？

# 梧 桐 小 路

乐淑娴

我家楼下有一条小路，小路边长满了高大苍劲的梧桐树。

这条小路四季分明，每一季都有不同的风景。

春天，带来了无尽的生机，小路上的梧桐也抽出新芽，泛着油光水滑的绿意，这绿轻盈得像一汪潭水，在阳光的反射下，似乎是流动着的。早春淡淡带着些暖意的阳光，在梧桐叶上轻轻滑动，就像顽皮的孩子似的，透过树叶与树叶的缝隙，能看见慵懒的阳光，这一缕缕的阳光打到地上，变成了一个个金色的洞。一阵带着早春味道的风，悄然无声地飞来，与梧桐叶嬉戏玩耍，逗得梧桐叶上下摇摆，沙沙——众多梧桐也跟着一起摇摆，合成了一首天衣无缝的变奏曲。有几个孩子笑着跑过，为这首曲子增添了别样的风采。

夏天，梧桐小路更美了。梧桐叶早已变得又大又绿，即使天天风吹日晒也遮不了它的浓绿。一棵梧桐树上大大小小长满了一树的梧桐叶，在粗壮的主树干的支撑下打开了一片大大的绿荫。小路上基本上没有什么能照到日光的地方。一阵热风扑面而来，可还没等通过小路，就被过滤成清凉的风了，梧桐树下的人们很是悠闲。有的人就牵着小狗在小路上走，有了这条小路，就是炎炎夏日，也不用怕了。

秋天，是梧桐小路最美的时候。梧桐叶早已变得金黄金黄的了，一大片一大片的，看上去恍若仙境，整条路上铺满了梧桐叶，看，又有一片金黄的梧桐叶打着旋飘落下来，像一位旋转跳舞的舞者。又仿佛是一个仙子，落入凡间，美丽不可方物，不食人间烟火。走在这上面，就能感受到扑面而来的秋的气息。秋日昏沉的阳光照下来，与这金黄化为一体，被这热烈而又不失活力的金黄感染，光线也变得活跃起来了。

冬天，最冷时下些小雪，也是极好的。这些雪落在梧桐树快要掉完叶子的枝头上，似重非重，似轻非轻，但也压得枝头微微下沉。有一块雪从枝头掉落，接连打下了许多枝头的雪。一会儿，弯曲的枝头弹了回来。又有深色的树干与雪映衬，形成了一幅美丽的画。就是这样，梧桐树也是很可爱的。

一年四季，春夏秋冬，梧桐小路都在默默地奉献它最美的一面，为我们的生活增添了无限色彩！

# 故 居 旧 宅

李 文

　　阳台之上，极目远眺。世间万物在此刻都变得渺小，眼前茂密的森林、熟悉的建筑相互交错，构成一幅充满自然美的画作。

　　突然，眼前一亮——

　　远远望去，古朴的院墙搭起了一个封闭的与世隔绝的地方。茂密的树枝互相掩映，遮住了矮小的三栋房，却遮不住我童年的记忆……

　　还曾记得，那三栋独立的小矮房分布在宅院中最明显的地方，在那周围长满了树，千姿百态：有的挺直身板，傲立于天地间；有的懒散，枝干向四面八方伸展，好似在寻找个最佳位置能偷个懒；还有的依附着墙生长，这绝对是懒到极致……如此，在夏天我们树下乘凉，在冬天我们欣赏自然美景！

　　在房屋不远处，有一块小空地。尤为明显的是那三棵粗壮有力的"老人"了，其中一位弓着腰，好似累得气喘吁吁；另外两棵依旧宝刀未老，并肩站立，挺立身子。在它们身上看不出岁月沧桑的痕迹。后来，父亲在两肩并立的树之间，搭起了吊床，在另一棵树的树枝上搭起了秋千。于是，那里成了我童年时光的乐土。

　　那时，我和两位哥哥总会比赛看谁先到，只为了能先玩上。但因为我小，跑不过他们，所以每次我都输，但哥哥们每次都让我先玩，至于另一个谁先玩，那就不关我的事喽！当然，由于宅院的大，我们还会玩很多其他的游戏，例如：老鹰捉小鸡、捉迷藏、写王字……我现在回想起来，仍会觉得当初的行为是多么的幼稚！

　　除此之外，那时的我还接触到了一种新玩意儿——电脑。虽然现在电脑已经十分普及，但那时却是让我好奇不已。是什么时候已记不大清，只记得我大哥有了电脑后，我和二哥就特别羡慕。每当放学回到家，快速地把作业做完，然后立马跑到哥哥家，这时他总会在电脑前玩游戏。而我，则像小跟屁虫一般跟在他的后面，用闪亮的小眼睛望着这个名为"电脑"的方方正正的东西。看到电脑上那精美的画面，我那时多么渴望自己家里也能有这么一台电脑啊！但似乎也正是有了电脑，我和哥哥们再也不会像以前那样的玩耍，那段美好的时光也终将消失。

　　这所大宅院，见证了我的童年，见证了我的欢乐，见证了我的成长。

# 藏在故乡里的精彩

王晓君

美好精彩的事物往往都不易被发现，只有当你用心去体会，才能真正发现它的精彩，而藏在故乡里的精彩每天都是从一声鸡啼和狗吠声中开始。

住在故乡里的日子，清晨打开窗子，阵阵青草的清香扑鼻而来，昨夜下了些小雨，更让人觉得空气中弥漫着大自然的气息，这样的精彩只会藏在故乡里。

不久，昨日约好的小伙伴们已在我们家门口集合。说好下田捉昆虫，我们骑上自行车，在田间如小肠的小路上骑行，路旁一排排挺拔站立的柳树好像战士一般，微风为我们吹去汗淋淋的背脊和头发上的汗珠，一路顺风我骑得飞快，小伙伴们也不甘示弱，轮番抢夺第一。故乡的精彩就藏在与伙伴之间玩耍与自由地挥洒汗水中。

我们来到田间，看到一些早已开始耕种的农民伯伯，有些是邻居。我们奔跑过去和他们打招呼，看着他们熟练地弯腰、撒种，再从左手端着的大竹盘中拿一把撒向别的地方，整个动作一气呵成，显得熟悉老练。看罢多时，那些早已按捺不住的伙伴，都跑向别处。突然小伙伴们发现一只大螳螂，正思考怎样"生擒活捉"它，赶紧呼唤我过去。啊，这螳螂个头还真不小，全身碧绿，手挥舞着两把"大镰刀"，看着它一套标准的螳螂拳练完，我出其不意抓住其脊柱，将它"活擒"。故乡的精彩就藏在欣赏各种小动物的活跃和农民伯伯一天辛勤的劳作里。

当天渐渐暗了下来，我带着一天的"战利品"与小伙伴们依依不舍地分别，再次骑上自行车，欣赏着落日的余晖，回到家中。婶婶早已将可口的晚饭做好，等待一家人回来，当所有人到齐十几人围着一张小圆桌，享受着婶婶用心做出来的美味并且各自分享着一天的欢乐，故乡的精彩就是藏在一家人围坐一起的时光里。

蔚蓝的天空挂着一轮金黄的圆月，我不禁期待着第二天故乡不同的精彩。

故乡的精彩藏在点点滴滴的生活中，需要我们去发现和感受欢乐。

# 那最初的模样

葛永琪

小河流水，绿草环岸，小木船悠闲地漂在水面上……

几乎每年夏天，我都会抽几天回乡下外婆家去。外婆家旁边有一条不大也不小的河，一年中外婆都会在这里面撒网捕鱼。河面上总是会冒出一点点长高了的水草的头，浮着一些菱角草。沿河边的水草中总会有透明的小虾窜来窜去，仔细一抓，就能抓到几只。

在我记事时，就记得河的另一边。那是一幅朦胧却又清晰的画。首先映入眼帘的是最前面一些浅浅的草河、星星点点五彩的小碎花，身后却是一小片银杏叶林。那银杏虽然金黄，却似乎夹杂着灰白，一年四季都会结果子，也不知道是谁家的。最后面却是一片高达二三十米的深邃的大水杉林，高耸入天，和前面的暖色形成了鲜明的对比。那深绿的树叶总会给人留下太多遐想，时不时高飞的鸟儿却带走思绪。

我喜欢坐在河岸，光着脚丫扑腾着河水，想着那片水杉林。里面有没有一些很大很大的蘑菇？会不会有野兔、狐狸等动物？晚上，会不会有萤火虫来照亮？我想着却从未去过……

就是这样一种期盼，三年前暑假的某一天，外婆要去另一边收网，我就是因为这个终于有机会见见那森林中的世界。外婆撑着竹竿，划破水面，驶向对面。竟一会儿就到了，我先外婆一步跨上岸去，奔向那片水杉林。

可是我真的走过草地，来到银杏林时，也失望很多，地上有着腐烂的银杏叶，散发出难闻的气味。我艰难地穿过那些枝丫蔓延的树枝，来到了水杉林，静谧的森林中漆黑一片，只有一些枯干的黑色野草。我伸头去看，望不到边，没有大蘑菇，没有野兔，更没有那些幻想中的一点点模样，剩下的只有那幻想的泡影，只有心中那份最初的模样。

没错，有些幻想了很久的东西，到最后你会发现，并非像预想中的那样，既不美好，也不可怕，就像这个河那边的世界，只是一片被遗忘的水杉林。但是却依然无法阻挡儿时年轻的心，为之憧憬，为之痴狂。跨过眼前的那条河，红色的念想儿，也许只剩下蓝色的冲动，但你真的会发现，你想让扔掉的东西已经抛在脑后，你想得到的，已经牢牢握在手中。

至今，我依然坐在河边，想着河那边的世界……

# 告　别

张辰雨

　　发出隆隆声音的铲车开进了那片早已搬空的镇子——我住了十几年的家。我远远地看着工人们一点儿一点儿地推翻了房屋，思绪飘到了几天前。

　　前几天我在大人们的谈论中无意间听见了这样一个消息：因为即将迎来青奥会，万达广场作为一个十分重要的景点，代表了城市形象，万达后面的那片小平房，对青奥会会有所影响，所以政府决定将我们那片进行拆迁改造。得知这个消息后，我十分震惊，但更多的是伤心与不舍。不舍这里的小伙伴们，不舍我家收留的那只小猫，不舍院中那棵大枇杷树，不舍这里的一草一木。

　　我从楼上到楼下一遍又一遍地走着，不放过每一个角落，眼睛狠狠地盯着周围，好像要用眼睛记录下这里的一切，看着门前那一大片空地，那是我与小伙伴们常玩的地方。也是家门前唯一一块水泥地，那是爷爷怕我们摔倒亲自铺上去的，沿着门前小溪向家中的田地走去，原来那一片片绿油油的，充满生机的田地早已不在，因为要搬走，所以能收的都收走了，只剩下孤零零的几根还没成熟的菜芽。依稀记得当初奶奶在地上干活的情景，记得当时我觉得好奇，曾偷偷拿过用来浇肥的东西来给菜地施肥，结果菜都死了，奶奶还因此发了一通大火，我吓得几天都不敢和奶奶说话。最后，我从小路回到了大路上，一一和卖牛奶的大叔、烧水的大娘、小卖部的小哥告了别后，回到了家中。爷爷奶奶正在给小猫喂食，看着吃得正欢的小猫，我不禁想：它什么都不担心，是不知道呢，还是真的没感情呢？

　　时光飞逝，到了搬家的那一天，两个工人将我们家中的物品一一搬上了大货车。天空阴沉沉的，好像随时都会下雨，小猫着急地站在我的身旁，不停地用身体蹭我，咬我的裤脚，向工人们叫唤，那刺耳的叫声，直击我的心底，那声音我到今天都忘不了。离开的那一刻，我再也忍不住了，泪水如同断了线的珠子。

　　脸颊上落下一颗晶莹的泪珠，我回过神来，铲车还在隆隆地工作着，我最后望了一眼那片早已面目全非的家，轻轻地说了句："再见了，我亲爱的家。"

# 成长是首歌

戴骊颖

池塘边的树林里，知了在声声地叫着夏天，享受那快乐的童年。

我曾无数次怀着眷恋之情去忆着家乡辽阔的田野，夕阳所挥洒的池塘碧漾。然而常入我梦乡的，却是那并不崭新也并不完美的石桥，那仅高一米的围栏。儿时之年，我总在这桥上东西乱跑，一辆辆三轮车来回地穿梭，总是在快到我身前的时候，才极快地停下，那人便会唤："小姑娘，别在桥上玩儿，不安全！"于是，便免不了被最爱的外婆教育一番，几天之后，却依旧掩不住我那天生顽皮的性子，总是如此。事一过三，外婆也只能叹气，说着"去吧去吧"。我眼弯着，笑得狡猾，轻哼小曲儿，逃跑。

思及至此，我竟也不由得佩服自己，小小年纪却有如此"耐力"。

终于有一天，我不再只沉浸于自己的回忆之中。几年以后，在那清雨挥洒的季节，我带上那份阔别已久的童年悸动回去了，却也载上了无法写下的对亲人的思愁。我们手捧花，路过那被云雨缠绕的灰色石桥，那崭新的油漆，那比我矮上些许的石栏。没有回忆中喧杂的叮咛，更没有那自行车上互相招呼的人群。妈妈的叮咛呢？我顽皮的固执呢？偶然遇见一位骑着车的老人，淡淡地看我一眼，却怎么不说让我别到处乱跑呢？我问姐姐，她说我已经长大了。是啊，外婆去了，就好似把我的童年带走了，在这座载着我昔日美好的桥上，除了回忆，可还会给我带来其他快乐的想望吗？不，当细雨已落下，当往事如烟去，我就该明白，我已经长大了。

池塘边的树林里，知了依旧声声叫着夏天，怀念那无忧无虑的童年。

成长是首歌，它以不同的旋律让我感受到生活的乐趣。童年从未离开，它是这蓝天中永远漂泊的云朵，即使过去已只是过去，却是我渐渐成熟的外表下，心中愈久愈浓的美好怀恋。它不会被未来冲蚀，它就在成长的道路里。

# 那条路

高可欣

记忆中的那条路，有着夏天最凉爽的风、春天最好的景和那最美的记忆。

那是一条不宽阔的小路，小路左边是高大的楼房，房屋投下的阴影使得左半边常年都有阴凉，右边栽种着数棵在冬天有着烂漫花朵的梅花树。暮春时节，各色野花会竞相开放。

犹记得旧时光里，我每次去学校，总是会走这条路。妈妈骑着自行车载着我悠悠地晃，偶尔远处会有自行车的响铃声，声音从小缓缓变大，骑车人高大的身影也会在阴影中逐渐清晰。长大了点儿，我就每天自己走那条路。傍晚时分，天边总会有几抹艳丽的云霞，被橙黄色浸染的天空也会给小路带来几束温暖的光，路旁野花散发出奇异的芳香，混合着楼道里人家的饭香，竟有一种说不出的心安。

冬天的梅花盛开的时候，正是一年中最冷的季节。我和妈妈裹着厚厚的棉围巾艰难地骑行在冷风中，然而路旁淡淡的，但却令人无法忽视的梅花香，竟带给我和妈妈前进的动力，我们一直闻着香气，不知不觉竟也走过了冷风最强的地方。

长大之后我搬离了那片地方，也不会再在上学时走那条路了，没了花香和小路的陪伴，上学时便多了点儿寂寞。

那次偶然的机会，老师让我们说一个最让我们印象深刻的地方，在脑海中搜寻了几个地点，却都遗憾地发现没有半点儿思念的心情，恍惚间突然想起了儿时居住的地方，童年的美好回忆，都纷纷从时光深处慢慢走来。为什么是那里呢？

或许，只是因为那些醉人的花香，只是因为那抹美丽的霞光，只是因为那条在多年之后依旧在我记忆中不褪色的小路。

# 幸　福

陈相潜

　　星期天下午，我在公园玩得饥肠辘辘，一回到家，便闻见一股扑鼻的香气。循着香气，我看到桌子上已经摆满了丰盛的饭菜，立马坐下来狼吞虎咽。妈妈没有动筷子，只是在旁边看着，微微地笑。这笑容就像是一朵花，从心底开始，在脸上洋溢着，那么美丽，那么温馨。刹那间，一股幸福的暖流涌遍了我的全身。

　　这感觉似乎在哪里体验过，我一边吃着饭菜，一边默默地回忆。

　　那是一个下雨天，我在小卖部的门口徘徊。雨点在门口的水泥地上激起了一朵朵小花，而我却没有心思欣赏。这个时候，一辆自行车在我面前停了下来，车上的雨伞倾斜了一下，我看到一张熟悉的脸。是邻居的大哥哥，他也是来买东西的。买了东西，我拿着伞坐上了自行车的后座，我们一起回家。雨中的世界显得有点儿安静，唰唰的风雨声像是一首温馨的歌。风雨中，我并不觉得冷，因为有一股温馨的幸福的暖流在胸中涌动。

　　这种感觉又似乎在哪里体验过，我仍旧在想。

铺满方砖的人行道上，我低着头走路，脑子里正想着学校里的事情。突然，一只有力的大手从后面拉了我一把。回头一看，是一位陌生的叔叔，他冲着我微微一笑。我感到疑惑，转过头正想继续往前走，才发现面前是一个电线杆，如果不是他拉了我一把，我早就一头撞上去了。再回头去看那位叔叔，只看到一个魁梧的背影。那一刻，我浑身都是暖洋洋的幸福的感觉。

　　原来，幸福就在我的身边，就在你我之间，只需要用心去体会，就能够感受幸福的存在。

走过路过，可曾错过

# 走过路过，可曾错过

刘凯悦

老人们总是会说，天下没有后悔药，也许现在听起来感觉很寻常的一句话，但是放在生活里看才会发现这句话真的是颇有内涵。

人生有许多个第一次，有的留下美好的回忆，有的却只有满满的挫败感和失望，或是后悔，但是只要经历过，大概就无悔了吧！

记得去过一家陶艺店，制作陶艺的老师傅已经年过半百，爸爸和他聊天时，我就买了一块紫砂泥，按照一个茶壶的模样小心地制作，其间只听见一两句话飘进耳里，又迅速飘出。"唉，我的儿子不愿意学陶艺，也更不用说孙子了，我年纪也这么大了，不知道还能制作几年陶艺，我只想多做一点儿，好留给后人……"

看似简单的陶艺在我手里根本成不了形，我恼怒地把紫砂泥扔在一边，妈妈走过来说："没有什么事是不可能做好的，只要你想，你就可以成功。"我犹豫地拿起紫砂泥，再一次开始尝试，虽然只做出了一个"四不像"，但是看着那个近看是茶壶，远看是烂泥的东西，心里却满是喜悦。如果我没有尝试，那会怎么样呢？大概回想起会是无尽的后悔吧！

　　面对挑战，有的人选择接受后坚持到底，有的人在接受后半途而废，而有的人却选择无视，就像一个普通的过客。

　　有时候机会就像一片薄叶，一阵风把它吹起，不知道谁会先捉到它，但是当它飘在眼前甚至落在只有咫尺的距离时，不要无视了，机会错过了就不会再来，遇见的时候，千万不要让它飞走。

　　时间太残忍了，只给我一次机会，人生难免有很多忘不了的人和事，但也要学会把握，即使失败也要反思吸取教训，只有这样才能减少遗憾吧！

　　我静静地走过岁月的荒地，回忆着曾经路过的景色，等待着，我所不希望错过的。

走过路过，可曾错过

# 想　念

邹周玉贤

　　"远亲不如近邻"是我小时候经常听到的话。小时候，串门是我最乐意、最开心的事。那时候，每天我家楼下的人来来往往，小孩子们在小区里玩各种各样的游戏，大人们则在一旁聊着家常。总有热心的家长将洗好的新鲜水果拿给孩子们，一边笑一边看着我们小孩子狼吞虎咽。

　　自从住进了新小区，邻里之间的情谊大多都淡忘了，只有一个和妈妈玩得很好的阿姨还和我们家有联系。一个周末，我和妈妈去拜访那个阿姨。回到老小区，看到一幢幢楼的白墙已经泛黄了，很多地方的漆也已经脱落了。我四处张望着，心中泛着莫名的激动。

　　"邻居阿婆，"一个声音从我身后传来，"今天来我家吃晚饭吧！"我有些好奇，便竖起耳朵，仔细听着他们的谈话。"这怎么好意思呢！"这是一个老人的声音。"客气什么，我不在家时你不也帮我带孙子吗？今天你儿子不回来，到我家吃个饭，聊聊天，多好！"老人犹豫了一会儿，还是答应了。

　　我没有看到两个人说话的神态，但这几句简单的对白，却让我有一种久违的感动。

还没走到阿姨家，我的到来竟然就引起了大动静。

"这是谁家的小孩儿，长这么大了！"一个老婆婆把我从头到脚打量了一遍。她刚说完这句话，我又感觉有许多目光射向我。不及我自报家门，就有人认出我来了。"真是女大十八变，以前我看见你还是个小娃娃呢。""对对对，你看她那眼睛，和她爸爸多像哟！"我听着以前的邻居在议论我，有些害羞，原来他们还记得我呢！妈妈说："以前我总抱着你在小区里转，你那时候可是小区的'名人'呢！"

原来，时间并没有阻隔我们之间的距离，再次见到那些老邻居，我的心中涌起一股暖流，那一颗颗真切关怀的心，让我再次感受到了邻里之情。

在阿姨家，她更是热情地欢迎我们。"你小的时候我还抱过你呢，不记得了？"阿姨又和我们聊起往事。

临行前，我们和老邻居一一告别，几个热心的邻居硬要留我们吃饭，我们推托了几次，他们才放我们走。

到了家，我一直在想，现在的生活节奏越来越快，人们都用手机交流，而不是心灵，人们不再关心邻居，冷漠逐渐成为习惯。"远亲不如近邻"也将要成为历史。

社会在进步，邻里之情却在倒退，我想念那些热情的老邻居，那种久违的温暖。

# 这 样 最 好

董静雯

上小学起，我就迷恋上了看书，当真是应了那句"情不知所起，一往而深"。

初秋，天气微凉，阳光微暖。一到下午时分，我便会准时沏一杯茶，捧一本书，坐在窗前。不用多做些什么，只是简简单单地喝茶、看书、沐浴阳光。这样的午后，对我而言，莫过于最好的享受了。

坐在窗前，我感受着秋日绚烂阳光的温暖，感受着秋日徐徐微风，这样最好，不是吗？我自问道。我低着头，用两指轻拈起一张书页，看着阳光透过指缝间在书页上投下一片片斑驳的光晕，嗅着萦绕在鼻尖的绿茶的清香，听着一窗之隔的街道上，车轮轧碾路面的骨碌声，用心体会着安宁。

窗外，阳光映照在墙壁上，暗黄如酒，神秘而令人感到温暖。窗内，我手捧的书上正叙述着一个又一个我不曾有过的生活，或喜或悲，但于我而言，它同样神秘而令人感到温暖。

这样被阳光包裹，这样被茶香包围，这样被安宁的气息感染，这样最好！

书中的人，境遇各不相同，然而却无不让我体味到了生活的丰富、生命的精彩。带着心去看书，我仿佛透过手上书，感受到了许多或许我这一辈子都不会有的体会。这样，对于平凡而普通生活着的我而言，最好不过了。

夕阳渐渐西下，昏暗的余晖穿过窗户，折射在书页之上，更为书增添了一分朦胧。我依旧捧书而读，似在找寻"恨不知所终而纠结流离"的情怀！

一杯茶，一本书，一个人，如此简单，如此寻常，却又是如此的美好！

# 父亲的背影

杨馨悦

至今仍令我难忘的，莫过于父亲的背影。

我家里并不是很富裕，家中的交通工具只不过从自行车变成如今的电动车。从我记事起，父亲几乎每天都会在有空儿的时候骑着自行车载着我在大街上游逛，那时我坐在车的后座，车上有个小篷子，正好让我看见父亲的后背。

父亲是个胖子，他的后背肉肉的，手感很舒服。父亲的后背是宽阔的，似乎能承担起一切痛苦。

记得小学时某天晚自习结束，因为有同学捣乱，我们班整了好几次队，拖了许久，我总算是走出了教学楼。突然，天空中一道闪电划过天空，紧接着便是一声震耳欲聋的雷声。我心里暗叫不好，马上要下雨了，我却又没带伞，只能祷求老爹带雨披什么的。到了校门口，雨已经开始下了。先是几滴几滴的，后来雨越下越大，我到老爸身边的时候，才发现他身上披着一件小小的雨衣。

就在我跨到车后座的时候，雨便好似一整盆水倾洒下来，老爸直接把他的雨衣披在我身上。我坐上座位，老爸将车骑到邻近的一个菜市场里躲雨。

天气转冷，那时我穿着单件长袖还嫌冷，而老爸身上只穿着一件单薄的短袖。我坐在后座，只见大雨一下就将老爸的后背淋湿了。当我走进菜市场后，父亲跟在我身后。他把电动车安放好就把身上的T恤脱了，轻轻一拧，那T恤便挤出许多水来。

我站在一边，也不知道做些什么好，只知道站在父亲边上待雨下小些。过了一会儿，雨小些了，我和父亲这才出去。父亲仍旧为我披上雨衣，他在前头骑车，我在后头低头思考。我突然有点儿想哭，我努力仰起头，不让那眼泪滚落下来。才骑出去没一会儿，云便被吹到远处，雨越下越小了。我这才舒了口气。

至今，父亲那宽厚的背影仍不时出现在我眼前，他的背为我带来了安全和温暖。

# 外公的微心愿

朱丹晨

　　妈妈的老家在离南京颇远的重庆，自然回去的机会不多，与外公相见的次数更是寥寥无几了。

　　好不容易这次国庆有七天长假，外公千里迢迢来南京与我们一家团聚，全家不仅热情招待，而且不忘带外公去南京的名胜古迹走一遭。由于妈妈有事，我便揽下了这个任务。"外公，您想去哪儿看看？""其实我一直有个心愿——去南京大屠杀纪念馆走走。"

　　外公从前是一名军人，是一位连长。从他饱经风霜的脸上，一种军人独有的英气与严肃展现得淋漓尽致。从小到大，我与外公不算很亲，但打心底是敬佩他的——他的认真，他的执着，他的严谨，都在为数不多的接触过程中不知不觉地感染着我。

　　一大清早，我带着外公坐公交车来到大屠杀纪念馆。我穿过入口，便回头看外公，示意他随我进去。可谁知外公似乎被那雕塑吸引了，有些恍惚，看得出了神，我心中暗暗一笑，无可奈何地拽着他走进了大厅。

　　他的手掌很粗糙，但十分温热。进了场馆内，外公轻轻松开了手，缓步走到刻着文字贴着图片的壁旁。他微微蹙起浓黑的眉，看着惨绝人寰的图片与令人惊心动魄的历史数据，仿佛要把石壁盯透一般。

一个上午，就在这令人感到压抑的沉默中度过了。

还没出馆，我已经开始不耐烦了，便催促道："外公，别看了，快走吧！"外公却仍沉浸在自己的世界里，丝毫没听到我的话。我赌气地一屁股坐在一旁的石凳上，他这才察觉到我的异样。他走过来，坐在我旁边。他没有看向我，而是坚定地直视着前方，那双炯炯有神的眼睛透着炽热的光芒。我注视着他，第一次感到那样的亲切。"其实，我还有一个愿望——就是希望啊，希望你们这些风华正茂的后生能茁壮成长起来，为祖国贡献自己的一份力量！"他激动地说着，浑身洋溢着希望与朝气，那般神情，像个小孩子一样天真。

外公的微心愿说小也小，说大也大。如今我已经帮他圆了第一个心愿了，那么第二个呢？这需要我们共同的努力，因为我们肩上扛着的，不仅是这区区的微心愿，更是祖国辉煌的明天！

# 台 阶

徐忱悦

念远方，心很暖，梦很长，心似花香。有些恍惚，旧日时光，飞花一般，隔了岁月的河流望去，昔日的琐碎，都成了可爱。梦里，我时常来到儿时的台阶上。

我的童年是奶奶伴随着我度过的，家门口前面铺着错落有致的青石板，被太阳一照，发出青幽幽的光。

台阶的"地势"很好，阳光总能直直地照射在台阶上，为这冰冷的水泥地面带来些许温暖。我就在台阶上闻花香，听鸟语，看行人。阳光温暖，奶奶坐在台阶上为我织毛衣。奶奶那双充满皱纹的手不断地牵针引线。我则坐在奶奶身旁，嘴里含着她给我买的棒棒糖，静静地看着她。

当秋风踏着歌谣来到的时候，桂花就含情怒放了，我和奶奶就站在台阶上打桂花。"奶奶，下桂花雨哦！"我不禁欢呼起来。桂花翩翩落下，像一只只金色的蝴蝶翩翩起舞。我伸出双手，桂花就落在我的手心里，落在奶奶的头上。奶奶的脸上露出慈祥的笑容，那笑容里好像有大把的阳光歇在里头。"奶奶一会儿做桂花糕给你吃哦！"那些时间，溢满花香。

现如今，再回首，台阶上已满是斑驳，留下岁月的痕迹。奶奶老了，犹如一棵老了的桂花树，在不知不觉中，它掉了叶，它光秃秃了，连轻如羽毛的阳光，它也扛不住了。她就这样矮下去，矮下去，如同一株耗尽生机的植物，匍匐在大地上。原来，老下去只不过是一瞬间的事。

　　那青石板路前的台阶给我的童年带来了快乐，它是我人生中最宝贵的财富。它独自躲在角落，带着特有的温度，走向岁月的深处，直至定格成画。蓦然回首，又是一年，台阶旁的桂花树，正繁花似锦！

# 桥

张诗钰

记忆中姥姥家门前有一弯小桥，夏日杨柳轻拂，冬日银装素裹。对家乡的印象也只停留在夏日冬日。

夏日，几场暴风雨洗刷之后，冲去一桥厚厚的浮泥，青石板铺的桥面露出本色。深深浅浅的水坑，倒映出大大小小的人影。风一吹过，水面轻浮，人影也随之晃动。

夜幕降临，吹散厚厚的云层，月亮也像水洗过般，笼着一层水雾。积水中的一个个月亮，像是一触就破的梦。在门前坐着，看着那柳枝抚过桥面，拂过水面，轻柔又好似有节奏。那弯弯的一拱上有规律地排着一个个小孔。渐渐地，桥身披上了一层轻纱，又多了一分威严庄重，神秘动人。不久，模糊了双眼。

醒来望向窗外，厚厚的冰花外那裹着白雪的桥，披上银装，多了几分清纯俏皮。我迫不及待地跑了出去，从桥头踩到桥尾，把欢笑从桥头洒到船尾。我看着身后一串深深的脚印，满足而又心安。

不知什么时候，那青石板填上水泥，填满了那易碎的梦。

# 秋　思

潘子璇

人无声，水无声。

斜阳依在山头，把天和山染成了橘红色，宁静而淡泊。一棵苍老粗壮的槐树被一根根枯黄的树藤缠绕着，几片树叶孤独地飘啊飘啊，树上只剩下孤零零的枝丫。黄昏时的乌鸦收起羽翼，停在了老槐树的枝干上，眼里净是悲凉，一声凄惨的哀鸣，划破了孤寂的天空。一个衣衫褴褛、面容憔悴的旅人路过此地。一座窄小破旧的木桥下，潺潺的流水缓缓地流淌着。远处，几户乡间人家呈现在他的面前。穿过烟囱，缕缕有着热气的薄烟寥寥地飘上天空，门外的火堆发出吱吱响，火光摇曳，刺痛了他的眼，久违的泪水润湿了他干裂的脸。古老的小道上，有风吹过，吹干了他的泪，却仍留下了泪痕，失魂落魄地让早已疲惫不堪的马驮着他继续蹒跚前行。

秋风中，他裹着单薄的衣裳，无奈地望着不断飘零的枯叶，萧索悲凉。残阳只留下了淡淡的霞光，随之被那抹黑夜的光吞噬了。那个浪迹天涯的游子沿着最后一缕残光慢慢地走着，月儿爬上了山头，盖住了残光，此时的天空星光暗淡。他就这样望着月亮，孤独的背影，瘦削的脸庞，惆怅而悲伤……

# 月

李瑶楠

　　一缕轻柔的月光透过窗子，洒在了窗台上，仿佛镀上了一道银边。

　　晚霞消退，太阳渐渐褪去了明亮的光辉，留给大地的则是暗红的忧伤，也许是一份恐惧，把人间带入了黑暗。不久，却见丝丝月光穿过树叶的缝隙透了出来，铺在了地上，大地的黑暗散去了，取代的是神秘和梦幻，更多的则是忧伤。

　　数千年来，每当月圆之时来到，不知有多少复杂的情感在交织着，纠缠着，不知有多少人在望着那轮明月，诉说心中的忧伤与思念。"春花秋月何时了，往事知多少？小楼昨夜又东风，故国不堪回首月明中"的明月演绎了生命绝唱，柳永借"今宵酒醒何处？杨柳岸，晓风残月"的残月渲染离别时的伤感。

　　仅仅是那一轮明月，却又创造了多少美得令人窒息的千古绝唱？张九龄的《望月怀远》中的"海上生明月，天涯共此时"，苏轼的《水调歌头》中的"人有悲欢离合，月有阴晴圆缺"，李白的《静夜思》中的"床前明月光，疑是地上霜"……然而我最钟爱的是李煜的《相见欢》中的"无言独上西楼，月如钩，寂寞梧桐深院锁清秋"。"无言"绘出了诗人的愁苦，"独上"二字勾勒出作者孤身登楼的身影，孤独的词人默默无语，独自登上西楼，"月如钩，寂寞梧桐深院锁清秋"寥寥几字，却描绘了词人登楼所见之景：那如钩的残月经历了无数次的阴晴圆缺，见证了无数人世间的悲欢离合，如今勾起了词人的离愁别恨，俯视庭院，茂密的梧桐树叶已经被无情的秋风扫荡殆尽，只剩下光秃秃的树叶和几片残叶在秋风下瑟缩，词人不禁"寂寞"情深。然而寂寞的不只是梧桐，即使是凄惨秋色，也要被"锁"于这高墙深院之中。而"锁"住的不只是这满园秋色，落魄的人、孤寂的心、思乡之情、亡国的恨都被这高墙深院禁锢起来，此景此情，怎一个愁字了得？

　　月圆夜，总是忧伤！

# 他的微心愿

王佳艺

　　"爸爸，你有什么微心愿吗？小小的心愿？"

　　爸爸先是沉默了片刻，突然发声道："嗯……我的心愿啊，我希望能回到我小时候住的地方看看！"

　　"既然你那么怀念那儿，为什么不回去看看呢？"

　　"种种原因吧！也是因为太忙了，正因为这样，才成了我的心愿啊！"

　　爸爸每每说完都要叹一口气，我也知道，他是在叹息那些流逝的光阴，一去不复返，我在一旁默默地点着头。

　　和爸爸聊完后，我便一直在思索着：怎样实现爸爸的微心愿呢？

　　终于有一天，我悄悄将一张车票装进了爸爸的口袋。我躲在角落里偷偷地看着他。爸爸发现那张车票时，他先是愣了一下，反应过来后，他和我都会心地笑了，看着爸爸笑，我笑得更灿烂，更开心。爸爸发现了我，含笑走了过来，拍了一下我的头，笑道："小机灵鬼！"我又害羞地笑了。这两张车票是我凑出自己的零花钱来买的，目的地是他小时候的住处，看着爸爸久违的如此开心，我心里也漾起一股暖流。

　　择日，我和爸爸便向目的地出发了，去实现爸爸那期待已久的微心愿。我们来到了爸爸口中的那间小房子，如今，这儿已经十几年没有住过人了，藤蔓爬上了墙面，外面墙上的石头都有些发黑，上面的土都已经斑斑驳驳，像是在诉说着年代的久远。墙上的瓦东一块，西一块，杂乱地排列着，整个房子看上去，破旧不堪。刚进去，就看到桌子上摆放着的太奶奶的遗像，当爸爸看到的那一刻，他沉默了，沉默了很久，很久……

　　爸爸走出了那间屋子，望着辽阔无垠的秧田，他就这样静静地望着，望着，一丝淡淡的哀伤从他的眼角流露……他的微心愿实现了。他，弥补了心灵的一份空缺。他，应该高兴，不是吗?

走过路过，可曾错过

127

# 厨 娘 日 记

连玉晨

一直做着大厨梦的我，今天终于有机会小试身手了。今天，就由我来掌勺吧！

我像一只骄傲的小公鸡一样雄赳赳气昂昂地走进喧嚣的菜市场。左看看，右看看，偌大的菜市场使我一时找不到方向。左走走，右走走，我在一家菜摊前停了下来，开始挑菜。

鲜艳的西红柿像在对我招手，青翠的韭菜上似乎还带着清晨的露水，貌不惊人的土豆有很好的味道。挑挑拣拣，终于找到了自己想要的所有菜。老板一称："十块五。"我正准备掏钱时，突然想起了妈妈传授给我的"砍价大法"。开始第一次砍价："老板，便宜一点儿吧，就十块吧。"老板一惊："十块？不可能，这样下去我可是要赔大本儿的啊！"我装作一副无奈的样子："好吧，既然您不肯让步，我只好再去别处看看了。"老板一开始压根儿没理我，后来见我好像真要走，连声挽留："好吧好吧，十块就十块。"递钱的时候，我听见老板娘小声地嘟囔："现在的生意真的越来越难做了，小孩儿都会砍价了。"我听后，心中窃喜。

一路靠着砍价大法成功的我，满载而归。开始洗菜，我边洗边想：洗菜还真简单呢！妈妈走过来，一脸惊讶地看着得意扬扬的我："你把青菜揉成团是要做菜团吗？"我只能一副"一切与我无关的样子"。可以开始切了，可是，是从根开始切还是从叶开始切呢？不管了，从根开始吧。全程我都表情狰狞，专心致志地与菜刀做斗争。切完了，蔬菜们宽的宽窄的窄，真的不是很美观呀！第一次可以被原谅，我怀着这样的心情继续做下锅前的准备。

我收拾了心情，特别有范儿地一拧煤气灶，却发现没火，原来是煤气瓶没开。我灰溜溜地打开煤气，烧菜。

倒过油后我有些犹豫，现在倒菜进去，油会不会崩我脸上？妈妈神助攻，一下倒了进去。我只好一手捂脸，一手炒菜。折腾好久，终于做完了菜。

吃自己做的菜的感觉，真好！

# 香甜美味的南瓜饼

周　缘

　　现在有很多老人肠胃不好，容易发胖，更可怕的是癌症正向老年群体伸去魔爪。那么今天就向大家介绍一种美食——南瓜饼。

　　你可别看它简单，就小瞧它。它的功能可大了去了。它含有丰富的维生素和蛋白质。对于善于养生的人来说，功效才是主要的，你想知道它有什么"神奇"的功效吗？老年人吃了它可以保护胃黏膜，排便舒畅，最重要的是可以消除致癌物质。儿童吃了它可以促进生长发育。但切记不可贪吃哦！但对于"吃货"来讲，还是好吃最重要。美味才是"无价之宝"。它外酥里嫩，香味醇厚。啊！是不是早就已经垂涎三尺啦！

　　那就让我们看看它的做法吧！我最爱吃红豆南瓜饼了，我就此来向大家介绍介绍吧。心急吃不了热豆腐。要先准备好材料，那就是南瓜、红豆、糯米粉、豆苗，以及糖。红豆要先煮成红豆沙，或者买现成的红豆沙也行。但我建议大家最好自己做，因为自己做好了剩下的红豆还可以做成别的食物吃，不浪费。同时也能自己体验做红豆沙的乐趣，两全其美。准备好了红豆沙，接着将南瓜洗净切块，用微波炉高火加热六分钟左右，把南瓜饼刮成南瓜泥，记得要带一次性手套哦！然后在南瓜泥里加入糯米粉、糖，和成不太沾手的面团。之后在平底锅里放入少量的橄榄油，这种油对身体好，也不怕吃油过多而发胖，煎的过程中如果发现不太吸油，直接在锅中把南瓜面团做成花的形状就可以点火煎了。用小火做，口味才会更润滑。一面煎的金黄后再翻另一面，这样香喷喷的红豆南瓜饼就出锅了。俗话说得好，佛靠金装，人靠衣装。把豆苗入水过一遍，水里加些油和盐，让豆苗看上去更绿。摆盘！哈！就这样一个个金灿灿的红豆南瓜饼就做好了。

啊！靠近一闻，真香啊！看到色香味俱全的红豆南瓜饼真是让人不禁流口水。我拿起一块儿放在嘴边都不舍得吃下去，拿在手中观赏一番。做南瓜饼不仅是一门技术更是一门艺术啊！再把它吃到口中，入口即化，香柔甜腻。

# 难忘相见的瞬间

张馨月

　　我拖着大大的行李箱，一步步走向集合地——大礼堂，参加暑期夏令营。

　　到了那里，老师让我们互相认识认识，说说话。我生性胆怯，又是坐在最靠前门的位置，旁边也没有人坐，就索性闭目养神起来……直到老师让我们进行自我介绍的时候，我怯怯地站起来说了几句话，声音很低，应该没人会记得我……

　　历时两小时终于到了夏令营基地，我们排好队，下了车。一路上，我拎着那沉重的皮箱，抱着竹席，走得很吃力，走走停停，又怕后面的人催我。唉，好无助的感觉！然而，后面的那个拖白箱子的女孩儿却不紧不慢地等着，我走一点儿她走一点儿，我对她充满感激之情，不禁偷偷地打量了她一眼。没想到她也正看着我！我俩目光相对的一瞬，她冲我笑了，我一下子脸就红了！她走快一步跟我并排，然后告诉我，把那竹席卷着架在皮箱上会好拿一点儿。我照她的话去做，真的感觉轻松了不少。我想认识她，但又难以启齿，纠结到最后，还是她先开口了："你叫什么名字？我叫刘雨欣，咱俩交个朋友吧！"说罢，大方地伸出了手。我也尽量笑着掩饰内心的紧张，回答道："我叫张……馨月，很……高兴认识……你！"说罢，我也用自己微微颤抖的手握住了她的热乎乎的手。她的手摸起来很软很舒服，她的微笑似荷池的涟漪在脸上漾开，很亲切自然，有一种莫名的亲和力。顿时，初与别人接触的紧张感消失得无影无踪。我忽然觉得她有点儿眼熟，过了好久才想起，她的笑容和我幼时的一位朋友真的很像。也许，这是上天赐给我的礼物吧！我正想着。"小月饼，是你吗？"她笑着问我。我想起来之前老师让我们每个人在集合时做过自我介绍，我把我的外号——"月饼"也告诉了同学们。看来，我的新朋友已经记住我了。我笑了："是的！"

我想，这相见的瞬间，将是我珍藏的记忆。因为，她的微笑已经如涟漪般漾上了我的脸颊，一圈，两圈，三圈……

# 永 存 角

李 康

书桌前，摆放着一本台历，年份不同，一年三百六十五天却是一天不少。于是，上面孤零零的一个个阿拉伯数字，成了寄托我回忆之地。还清晰地记得，临近期末考试的那几天，我还在为假期而满心欢喜。殊不知，管仲即将丢了鲍叔牙，那一声兴奋的告别，却成了永远的诀别。

自那之后，这种痛苦总要频繁地击向我心中最薄弱的部位。

我最难忘却的是一天饭后打完篮球，某同学擦肩而过的一个微笑。那个人跟我关系一般，不知为何，回忆起来，却有一种温馨的感觉。我真的很爱这种感觉，君子之交的清淡如溪流般绵延。为此，我努力珍惜现在。

请读着这篇文章的你，拿出一张纸。在脑海中回忆自己最好的朋友是谁。画一条直线，然后再画另一条与其相交，记住，一定要直！它们绝不会出现第二个重叠的部分。一条代表自己的人生，另一条，则代表你朋友的人生。它们重合的部分太少了！然后，请你擦掉两条直线相交之前的部分，因为，这部分人生是残缺的。这时，你会发现自己画出一个角。它们仍旧干脆地分开了。最后，请你给这个角画出一段平分线。角上的任意一个点，都可以根据这条平分线找到一个跟它完全对应的点。这条平分线，叫回忆。

让象征你人生的这条线，与所有帮助过你的、欺负过你的、激励过你的、搀扶过你的朋友的人生线相交。只要你愿意记得他好的一面，那就是朋友。与这么多条线相交，你可以画出无数的角、无数的平分线，你会惊讶地发现，人生不知不觉已经如此精彩。

我们不是彼此的影子，不要吝啬角度和距离，无论彼此走得多远，回忆永远都在，友谊其实早已开花结果。

# 书 韵 传 香

韵 沁

爱书，爱读书，爱品书。爱它的理由很简单，因为爱生活，所以爱它。

荀子在《劝学》中说"吾尝终日而思也，不如虚余之所学也"；高尔基，这只傲于风雨的海燕在暴风雨中呐喊"书，即我们的朋友，我们的老师。它是人类进步的阶梯"；林语堂在自己的小屋中捋着长须，低首沉思"开卷有益，掩卷有味"！

书，何尝不是智慧的结晶、人类的益友呢?

在我们愁闷时，它与我们承受；在我们悲伤时，它为我们分担；在我们开心时，它与我们分享……在周末，漫步于书香满屋，书韵传香的图书馆，轻取一本龙应台的《目送》，细细品读。呵，多么美好!

人世间的种种，天堂的美好，人心的纯洁，一天、四季的花开花落，橙黄橘绿，一刹那便如明镜的湖水，在一本本书中荡漾开去。

源远流长的历史书，博大精深的科普书，令人陶醉的散文书，潸然泪下的小说书，令人心灵震撼的武侠小说，都是我们的老师。无知的我们，在书海中遨游，在无声老师的教诲下一步步走向崇高!

我最爱在黄昏时刻的海滩边，等着那夕阳的余晖透过树枝，在屋顶上投下斑驳光影，搬一张躺椅放在屋门口，手捧林清玄的散文集，口呷一杯绿茶，随着浓郁的茶香在口中蔓延开去，一个个清淡纯朴的文字蹦入脑中。

刹那间的浪打暗礁、雁鸥啁啾声戛然而止。西边一轮红太阳渐渐隐没于大海之中，水天一色。我沉浸在书韵中了。手轻拂页梢，品味着书。读罢，仍意犹未尽。沙滩边，已亮起一盏盏夜灯，双眼蒙眬处，一种幸福舞动心头。抹不去，散不开!

书韵传香。呵，有书，真好!

# 留　香

周晨卉

三月，春。

杜鹃，在阵阵淅淅沥沥的春雨后，没有先行告知的情况下就像火药一样炸开，一簇一簇绯红粉白淡紫。粉蝶就在花下闹开了。伏在花下午睡的猫儿也就伸伸爪子做样子似的挥舞驱赶几下便没了动作，慵懒的动作让人不禁觉得这个春天是温柔舒适的。

自然、芬芳、淡雅、温和、温暖、甜美、悠远的花香在空气中交融凝聚迟迟不散。

春天的花为何开得如此明媚照人？

是因为夏秋冬的留香。

夏天是大多数植物的生长旺季，植物在这个季节疯长，为接下来的秋季冬季做准备。

夏，聒噪烦闷。但植物若没有夏季的营养储备，如何结果孕种？如何熬过长久酷寒的严冬？熬不过的植物有哪一个可以在来年春季绚烂芬芳？若不是夏季的留香余韵，哪来春季的亮丽？

秋高气爽，天蓝云静。秋季是一个很好的季节，硕果累累，种子成熟掉落在地里等来年春天时破土而出，展现姿色。

秋季，萧瑟凄清。但，若不是秋天种子成熟入地，春季还会有新生的花吗？

冬，残忍冷酷。但，若不是严寒冻死了大批虫蛹，来年春天恐怕只有残花败叶可欣赏了。

春天几周的绚烂，需要多少时间的铺垫？有多少人赞叹春天的生机明媚？又有多少人可以看到夏秋冬的奉献？人们看到的只是它们留香后的结果，只看到了结果的美好，却没有想过为了创造这些令人愉悦的景色需要多少时间精力？

有多少人会品味留香的高雅恬静？它不如前香新奇，不如中香醇厚甜美，但却拥有最悠久的韵味。

# 《人间草木》读后感

王馨怡

《人间草木》是汪曾祺先生的一本散文集，读完之后，我对它的评价只有"清爽"两字，就像细细嚼一片薄荷叶，那样清凉的、干净的味道从口舌到心底，使整个人神清气爽。

合上书时，我就在脑海中构成了一幅场面：一个百花盛开的春季，一座生机勃勃的花园，一片均匀温暖的阳光，我置身其中，身旁不是一本书，而是一个和善的老爷爷，老爷爷用缓慢的语速，向我描述那个他幼时玩耍的花园，那个他求知的学堂，那个他曾居住的城市……没有过多的起伏，这样温顺的岁月，令人向往。

《人间草木》不仅仅写了花园，写了学校，写了城市，还写了吃。最吸引我的也是吃了，尤其是那一篇《肉食者不鄙》，讲得通俗点儿，这就是美食攻略。但这本书确实十分精简却又有风韵。在这篇文章中对肉的介绍，最多也不过一百多字，最短仅有四十多字，却能使读者垂涎三尺，这就是汪曾祺先生描写的绝妙之处了！即使就那么几句就能使人体会到那食物之鲜美，实在是令人钦佩不已！就比如说镇江肴蹄"瘦肉殷红，肥肉白如羊脂玉，入口不腻"，而汪先生夸霉干菜烧肉时，更是妙笔生花！写到"鲁迅一辈子大概都离不开霉干菜。《风波》里所写的那乌黑的霉干菜显得格外诱人，那大概是不放肉的"。让我们会心一笑的同时，也不禁在脑海中浮现美食的样子，口中仿佛真的尝到了那霉干菜的美味。

汪曾祺先生的描写，既无浮夸又不繁杂。轻描淡写的几个字、几句话，却有一种清雅的韵味，哪怕在秋季，也不禁使人想起明媚的春光，想到柔和的岁月。

走过路过，可曾错过

有你陪伴，真好

# 看见春花灿烂，真好

刘宜静波

正值生机勃勃的春天，我本应该活泼开朗，可是出于一些原因，我的心如同处在荒凉的大西北平原上，没有一点儿生机。

独自一人走在一条人迹稀少的小路上，踏着沉重的步伐，我感到更加郁闷了。

走着走着，我渐渐放慢了步伐——再往前走，就到那座废弃的工厂了。工厂的周围有一圈围墙，而围墙外长着茂密的灌木丛，使人很难看到工厂里面。我极力想要拨开灌木丛，可是越靠近围墙，灌木丛就长得越高，似乎是在极力掩饰着什么。我铆足了劲儿拨开最后一根树枝，一幅画面使我惊得合不拢嘴。

一树桃花，一树开得极旺的桃花，可以说，这树桃花开尽了春天的姹紫嫣红。只见这棵桃树上的桃花朵朵如同新生的婴儿，娇嫩欲滴。它们在微风吹拂下，轻轻舞动着，似乎是在为自己庆生。

再看树下，堆满了粉嘟嘟的桃花瓣，成百上千的桃花堆在一起如同一张柔软的垫子，有一种让人忍不住躺在上面的冲动。在这"柔软的垫子"上，有几只黄犬，它们神情专注，凝视着满地的桃花，似乎已经沉浸在春天灿烂的花色之中了。更令我吃惊的是在桃树旁堆放着一摞钢管，可是不管我怎么看，也没发现这些冰冷的钢管与春景有丝毫不和谐——它们已经与春色融为一体了。

"呵呵，来抓我呀！"我忽然听见有孩童的嬉笑声。循声望去，几个孩子在工厂的院中奔跑。我想，这几个孩子真会挑地方。不一会儿，他们跑累了，都躺在满地的桃花上。只见一个孩子拿起两片桃花放在自己的双眼上，其他几个孩子也效仿他。呵，他们都有一双桃花眼。

似乎是感受到了孩子的活力，我感觉那树桃花开得更旺、更灿烂了。

看见春花灿烂，真好！我豁然开朗，我的心又重新有了活力。

# 昙　花

巫萌萌

　　我曾经有幸亲眼见过昙花开放，那是一种转瞬即逝的美丽，也是一种无名的凄美与悲壮。

　　花瓣一片片舒展开，挂着晶莹的水珠，就像一个身着白裙的姑娘，静静地醒来，她丝毫无忸怩，大大方方地把裙摆展开，静静地坐在那儿，但过不了不久，她就要走了，盛开的花瓣耷拉了下来，黄色的斑点侵入她的身体，可她还是那么恬静、安详，只有见过昙花开放的人才懂得昙花开放时的璀璨。

　　昙花酝酿了一生，倾尽毕生心血，在一个万籁俱寂的深夜，百花沉寂之时，悄然绽放。那种美丽，那种光辉，不亚于牡丹的雍容，不亚于玫瑰的妖娆，使人为之震撼。昙花就这样在夜里孤芳自赏，悄悄地从人们的梦乡走过，不留痕迹，不留余地，这瞬间铸就了永恒。

　　许多灿烂的时光，犹如昙花一现。花开的一瞬，不在乎是否有人知晓，只求绽放自己极致的美丽。

# 明天，我会继续奔跑

钟瑞阳

在成长的道路上总会有许多坎坷，有的人选择放弃，停滞不前，而有的人选择继续奔跑。我也在困难面前停止过，但我并没有放弃，而是鼓起斗志，继续前进。

我在家画素描作业，由于我上的是素描高级班，所以老师的作业是画一张头像。头像挺难画，常常一画就是两个多小时。我一开始耐着性子画，并没有急躁，大小比例都能定好，可当刻画人的五官时，我就傻眼了。老师让我们画的是一个老人，他的五官很复杂，我盯了他大半天，这儿一画那儿一画，越画越不对头，我开始着急了，继续画吧太费时间，因为已经过去一个半小时了，不继续画吧就完成不了作业，虽然老师不会生气，但总是觉得辜负了他。我急得在房间里转来转去。来我家玩的姐姐看了说："你没事学什么素描，这么无聊，还浪费时间，浪费金钱。""可是我喜欢嘛。"我反驳道。"那你还愁眉苦脸的，而且还坚持不下去。"我顿时来劲儿了，叫道："谁说我坚持不下去啦？我一定要拿到个甲让你看看！"我把那张画扔掉，重新拿出一张纸，开始认真地画起来，定框架、比大小、勾外形、上明

147

暗，一步一步耐心地画着，最终把作业完成了。

　　我没有放弃，而是继续奔跑，终于在成长的道路上又进了一步。姐姐看了我的画，拍拍我的肩膀说："不错，有前途。"我这才明白这是姐姐用的激将法，我笑了起来。

　　面对那道在成长道路上的坎，我没有退缩，而是鼓起勇气，飞跃过去，向成功的大门近了一步，从那一天起，我继续奔跑，之后的日子里我也会继续奔跑，永不言弃。

# 有你陪伴，真好

畅雅玉

栀子花的清香又一次弥漫在这条小路上，慢慢走着，心里默念道："我的小路，有你陪伴，真好。"

还记得那个烈日炎炎的夏日，我的心情就像树上聒噪的鸟儿一样躁动不安。

抹了把脸颊上的汗，转身走进这条满是绿荫的小路，我兴奋的心情不由得平静了许多，因为我嗅到了一丝清凉的气息。

路边的校园中摆了一张小桌，桌上放了一个大大的桶。桌边摆着几杯浅绿色的汤水。噢！原来是绿豆汤。我要了一份，手突然触到一丝冰凉，伴着杯壁的水珠，流淌在指缝间。

浅绿的绿豆汤澄澈透明，上面漂着一圈绿豆。透过这水望去，这条路都是清凉的浅绿，连骄阳也被蒙上了轻纱，我还看见卖绿豆汤的老人穿着洗得发亮的军服衬衫，胸前别着几个明晃晃的徽章。我还看见了墙院上挂着的硬纸板，上面写着大大的"免费"。

吸一口汤，一股冰凉从口中一直淌入心底。

谢谢你，小路，是你提醒我莫骄、莫狂。有你陪伴，真好。

　　我又想起那次考试的惨败。我走出校门，拐进小路，光秃秃的树枝，正像我那荒凉的心境，小路上卖馄饨的大爷不知是不是看出了什么，招呼我说："来一碗？爷爷多给你点儿。"眼前是诱人的红油馄饨，轻轻拨开第一层辣油，一只只白中透粉的小馄饨伴着清汤送入口中，温暖而又鲜美。大爷拍拍我的肩膀："今天不开心吗？"我低着头应了一声。"人生哪有一帆风顺呢？这馄饨好吃，可是不放在开水里煮过能好吃吗？"

　　我的心豁然开朗。

　　又一次走到这小路的尽头，我不由得再度回望：谢谢你，小路。有你陪伴，真好。

# 可爱的"笨笨"

戎翔宇

虽然，从小到大我没有养过小宠物，可是我对小狗的感情却很深！我的好朋友家就有一条泰迪狗，花白的毛，还是卷卷的那种，白得就如同棉花糖一样！它还有一个可爱又憨厚的名字叫"笨笨"。

可第一次见它时，它对我可没有那么友好。那天我到好朋友家去玩，刚想敲门，就听见屋里传来几声撕心裂肺的狗叫声，一下就把我刚要伸出去敲门的手给吓回来了。朋友开门后只见一团白色的身影朝我扑来，定睛一看原来就是一只小小的狗，顿时害怕恐惧的心落了地！心想原来我是被这小东西的叫声给镇住了！这只小东西一点儿也不认生，直接就围在我的身边转来转去还不时地朝我吼几声，反倒是我感觉有点儿不自在了，总感觉像在被一只恶狗虎视眈眈地盯着一样，浑身不自在。

随着时间的推移，渐渐地我忽然觉得人和狗之间是可以沟通的，而我和小狗的关系越来越融洽，虽然有时候也忌惮它的叫声，但毕竟时间久了，我也没那么害怕它了。有时候无聊的时候它会陪我们一起玩耍嬉闹！但也会有让我们记忆深刻的时候，有一次，在我不注意的时候，它猛地冲出来，它那锋利的爪子直接划到我的手背上，顿时血就流了出来，而它就像是做了错事的孩子一样无辜地看着我！这小东西真是太调皮了！

最让我记忆深刻的事就是有一次我和好朋友闹了点儿不愉快，当我要转身离开的时候，它竟然无助地叫唤着，用它那绝望的眼神在看着我，而我却头也没回地就走了……半年后我来找我的好朋友，朋友打开门我竟然没有听到小东西的叫唤声，就在我找它的时候，朋友告诉我"笨笨"在老家走丢了，现在估计早已被人杀掉了。我听到这个噩耗，终究还是没忍住，眼泪不自觉地流了下来……

可爱的"笨笨"，你就是我此生不换的真朋友！

# "小绿家伙"你别哭

冯雅楠

那天，母亲从花鸟市场带回来一盆兰花。它有着五六片翠绿的长条形叶片，根扎在蓬松的泥土里，好似随时都能连根拔起。我几度观察它，觉得着实没有特别之处，和韭菜没什么两样，于是我给它起名为"小绿家伙"。

曾听得母亲说这兰花能开出小花来，得精心呵护，我却从未在意。母亲每个星期都会给兰花浇两三次水，但我却从不愿意去搭理这个"小绿家伙"。几个月的工夫，这个"小绿家伙"竟真开出了一朵朵紫色的小花，只见它们零星地点缀在尖细的叶上，看上去着实朴素典雅。我的目光不禁被它吸引了过去，望着它玲珑小巧的模样，更生怜惜之意，心中不住起誓，一定让这些淡紫色的小花开遍这株"小绿家伙"的叶间。

自那天之后，我便常急不可耐地拿起家中的大盆接满水，笨拙地倒进它的盆里，偶尔还会托着腮帮对着它发呆，嘴里还嘀嘀咕咕念叨着："小兰花，小兰花，你一定要快快长大呀！"说完又浇了浇水。

才刚过几日，内心的激动不减，正一脸兴奋地冲向"小绿家伙"，但望见的却是另一番景象——只见它耷拉着脑袋，一副无精打采的样子，叶片紧挨着土壤，好似已在生与死的界限间徘徊。我顿时觉得眼睛湿润，望着因我而成这副模样的"小绿家伙"，不住地心酸。

望着"水漫金山"，我内心恳切地默念："小绿家伙"，你别死，你别哭！

母亲闻声起来，见自家兰花成了这副颓废模样，锁紧了眉头，责备了我几句，便娴熟地给它去水，放在阳光下，柔和的阳光为它焕发了生机，稀疏的小雨让它滋润成长，就这样过了一段日子，或是上天的眷顾，"小绿家伙"重获了生命，又如同往日一般焕发了生机。

而我也不再去做那糊涂事，精心培育着"小绿家伙"，希望在明年春天，它照旧能开出淡紫色的花吧！

思绪渐渐回笼，我不禁想，最好的并不一定就是最合适的，难道不是吗？

# 读《假如给我三天光明》有感

沈文杰

读一本好书，就是在与一颗伟大的心灵对话。《假如给我三天光明》就是一本好书，书中更有一颗伟大的心灵。

海伦·凯勒，本书的作者，一位命运多舛而又自强不息，在黑暗中寻找光明并给人类带来光明的人。她靠着一颗不屈不挠的心，用她八十六个黑暗无声的春秋创造了一个人类历史上史无前例的奇迹。她不仅以惊人的毅力面对困难，挑战和改变自己的命运，还用爱心去拥抱世界，用生命的全部力量到四处奔走呼号，建立起了一家又一家的慈善机构，以其勇敢的方式、坚强的意志和卓越的贡献震撼了整个世界，她被美国《时代周刊》评选为20世纪美国十大英雄偶像之一。

试想一下，若你早年失明失聪，在这个昏暗无光、寂静无声的世界里，你会怎么想？为什么上天对自己如此不公，如此过一生倒不如早日解脱吧！更不用说创作甚至考入哈佛大学了吧。但是海伦·凯勒并没有走上绝路，在家教老师安妮的帮助下，她不断地克服恐惧，对生活开始充满信心，一步步走下去，学字，学文，考哈佛，一切都如此令人震惊。

有你陪伴，真好

海伦·凯勒一生写了十四本书，她毫无保留地把她生活的经历、奋斗、苦痛展现在世人面前，激励着一代又一代的人们。"我将来要考大学，我要上哈佛大学！"这是海伦十二岁时的宣言，人小志大，何况健全的我们呢？她还把自己从安妮·苏立文老师与亲人朋友那里得到的爱，通过自己的文字和行为传播给所有不幸的人，带给他们光明和希望。

尽管生命是那样的脆弱，但在海伦的文字中，我们仍能感受到爱、勇敢和感恩，这些给予海伦一生最强力的支撑，也留给我们深刻的启示："弱者，因此要学会自强；愤世者，因此要学会感恩。"

"读一本好书，就是与一颗伟大的心灵对话。"

海伦·凯勒的这句话，正是《假如给我三天光明》一书的最佳注脚。一个感人至深的真实故事，一个传颂久远的励志经典。

只有自强不息，我们才能成功！

# 读《城南旧事》有感

张妍琪

如果让我选一本自己愿意一读再读的书，那一定是《城南旧事》。这本书的作者是林海音。刚拿起这本书时，我便看得津津有味，而接下来的几日里，我几乎整天捧着，几乎达到废寝忘食的地步。

这书主要叙写20世纪20年代末，有一个叫英子的六岁小女孩儿，她搬到了北京城南，她的童年就是在这里度过的。在惠安馆里，英子认识了一个疯女人，她叫秀贞。看到这里，我有一些佩服她了，我可不敢和疯女人讲话啊，还不知道会发生什么可怕的事呢，但是英子却一点儿也不怕她，她胆子可真大。读着读着，我又觉得疯女人没有那么可怕了，却又有一点儿的可怜，她是英子的第一个朋友。英子还结识了一个好朋友，叫妞儿，她爸爸经常打她，英子实在看不下去了，告诉了自己的妈妈，她妈妈心想：哪有亲生父母这么对待自己孩子的啊。后来又发现妞儿的身世和秀贞的女儿小桂子十分相似，又得知妞儿脖子后面有一块胎记和小桂子的那一块一模一样，就这样促成了她们母女相认。

后来，英子迁居到了新帘子胡同，在一个荒原草丛中认识了一个年轻人，可他居然是一个小偷。但是他也有不为人知的一面，为了供弟弟上学，他不得不去偷东西。英子觉得他是一个善良的人，但他是好人还是坏人，这么小的英子始终不明白，也看不懂。不久后，他在荒草地上捡到了一个小铜佛，被便衣警察发现，带巡警抓走了这个年轻人，这件事令英子十分伤心，因为她失去了一个朋友。

后来，兰姨娘来到了英子家，英子发现爸爸对兰姨娘的态度不对，英子十分聪明，她想了一个办法，把兰姨介绍给了德先叔，后来他们俩真的相爱了，最后一起乘马车走了。

那一年，英子才九岁，她的奶妈宋妈妈和丈夫来到林家。英子得知宋妈妈的儿子两年前被淹死了，心里十分同情她。但得知宋妈妈的女儿也被自己的丈夫送给了一对没有儿女的骑三轮的夫妇，英子却又觉得他们十分狠心，始终不明白宋妈妈为什么撇下自己的孩子不管，而要伺候别人呢？后来英子的爸爸因为感染上了肺病去世了，爸爸最喜爱的花朵儿也落了，我想英子当时一定非常伤心吧，我的心也随之变得千疮百孔。

看完这本书，我回想起我的童年，我们的童年简单而又快乐，每天有上不完的课、做不完的作业、练不完的钢琴。与小伙伴在一起玩耍的时间很少，每年有两三段非常开心、快乐的时光。我的童年是那样的简单而又苍白，根本不可能经历英子的故事，所以英子的故事深深地吸引着我。

# 读《萤火虫小巷》有感

徐梦佳

　　《萤火虫小巷》是最触动我心的一部作品，这是一个关于爱、成长与忠诚的故事，让我不禁开始审视人生中最重要的事物究竟是什么。

　　塔莉，美丽聪明，却行为叛逆，一直是人们目光的焦点，但焦点的背后是被母亲抛弃的无助，她一直活在阴影中，害怕一个人独处。她渴望着爱和被爱，渴望着让她有一个归属感。凯蒂，一个看起来中规中矩的乖乖女，成长在一个小镇上的农夫家庭中，有着一个让人无比羡慕的温馨家庭。但在她温顺可爱的外表下，却隐藏着一颗渴望挣脱束缚的心。

　　两个性格迥异的女孩儿在十四岁那年的一个夏夜相遇了，那晚她们互相倾诉，敞开心扉，她们从彼此身上找到了自己需要的温暖与安慰，她们想守护这份纯真的友谊，守护彼此。在最难熬的日子里，一个拥抱就化解了彼此心中的苦闷。在最珍贵的时光中遇到了一个能肝胆相照的知己，这是每一个人都梦寐以求的吧！

　　这本书中令我印象最深刻的事情就是在一个宁静的夜晚，凯蒂和塔莉两个人偷偷从家里溜出来，塔莉踩着脚踏车由坡顶端快速骑下，凯蒂不敢尝试，塔莉说了句"相信我"，凯蒂便鼓起勇气去尝试了。可不幸的是她的车前轮撞上了一块石子，脚踏车便往上弹起扭向旁边，落下时又撞上了塔莉的车轮。凯蒂握不住车把手使她整个人弹了出去栽在了泥泞的沟渠中。她的左脚踝骨折了，肿胀刺痛。她们互相搀扶着起来，丝毫没有抱怨，而是感到兴奋和刺激。一向循规蹈矩的凯蒂突破了自己。因为信任，凯蒂才会去尝试，才会迈出勇敢的一步，信任是友谊的一部分，因此凯蒂也看到了生命的精彩。

书中有许多句子触动了我的心，比如："人生是一段孤独旅程，但我遇见了你""你不是我，却又像世界上的另一个我"。好朋友总能惹你生气、心碎、哭泣，可即便如此，当你遇到困难或险境，她总是守护在你的身边，在你最难过的时候逗你开心。凯蒂和塔莉也伤害过彼此，这时她们懂得了一个道理："马儿会在一夜之间衰老跛脚，朋友会在一夜之间变成陌生人。"后来她们重归于好，她们知道失去的会以另外的方式永远存在，而拥有的需要加倍珍惜。

我欣羡这段友情，就如这本书的封面上写的：从十四到四十多岁，两个女人的友谊，像萤火虫的微光，却总够温暖彼此的一生。

# 读《三体》有感

高　晟

　　《三体》是刘慈欣写的一本科幻小说，这部小说用天马行空的想象力描绘了人类与三体人展开的一次次对抗，并以此揭示宇宙中各个种族的关系。

　　《三体》是从"文革"时期开始的，天文学家叶文洁加入了红岸基地，并突发奇想用太阳作为放大器，与三体人取得联系，使得地球位置暴露，生存环境十分恶劣的三体人计划入侵地球。虽然三体人的科技十分发达，但思想都是透明的，不能看出人类的内心思想，于是地球人选出了面壁者，但三体人也选出了破壁者，这样面壁者与破壁者的斗争就开始了。其中，我对面壁者罗辑印象十分深，这个被命运安排不得不接受面壁人计划的面壁者，从一开始的拒绝接受到滥用权力享乐到最后担起责任，让人感动。他最后时刻提出的黑暗森林理论十分震撼。他说整个宇宙就是一座"黑暗森林"，每一个文明都是带枪的猎人，在发现另一个猎人后，因为总物质量是固定的，所以必须通过厮杀来获得更多的资源。因此只要一个文明的位置一旦被公布，就会立刻被攻击。我细细想了想，发现纵观人类历史，一次次的战争不就是

希望是唤醒万物的春风

如此吗，不都是为了那有限的资源吗？我又想到了自己，现在努力读书，不就是为了争夺一个生存的空间吗？

《三体》中有一个情节让我记忆犹新，在人类第一次知道三体危机后，许多人都想逃离地球，有许多人都花了大量的钱财去求得机会，但一位老者说，这么多人，大家都想着离开，但总要有人留下，谁走谁留，这个问题怎么解决，最后大家都走不了。所以，在许多时候，不要想着自己一个人获利，这几乎是不可能的。

读完这本书，我总是抬头仰望星空，我问自己，这宇宙中，到底有没有外星人？他们若真与我们接触，是否也会像书上所说的那样残酷呢？我不知道。但我希望人与人之间还是多一些和谐吧！

# 乡村闲趣

甘轲晗

有些日子没去乡下了，这次可要好好"疯狂"一把。在经历了那一路颠簸的滋味儿后，我扑进了乡路的怀抱中。

在乡下，我们最简单、最疯狂又最快乐的游戏莫过于赶着鸡跑了。尽管从来没捉住过一只，但每次弄得鸡飞狗跳就是我们最大的乐趣。看！鸡群又在田里觅食，早春的田野草芽还未长成，发现鸡的藏身之处并不困难。我向"战友"使了个眼色，他们立即心领神会。因为不懂"抓鸡之道"，所以采用了一个比较"二"的办法——飞奔而上，赶着鸡跑，消耗鸡的体力。可结果却是看者伤心，听者流泪，想着都惨烈啊。鸡群扑棱着翅膀火速分开，伴着一声声咯咯的惨叫，鸡群在田中东躲西窜。我们盯上一只肥鸡紧追不舍，可最终鸡没追到，我们倒快累死了。

正当我们席地而坐，放弃抓鸡时，柳暗花明又一村，一只肥鸡坠入水坑中。我们奔向水坑，坑中没有多少水，而那只鸡却死活上不了岸。看它在水坑里扑腾了半天，大伙儿失去了抓鸡的兴趣，一个个纷纷扭头回家。

但不甘心的我决定亲自下水捉拿它。我小心翼翼地踩在岸边的石头上，鸡用惊恐的目光看着我，想必怕了吧！我狡黠地笑了一下。它已无路可退了！可正当我前倾身子，伸出双手想抓住它时，却不妙，此时鸡一跃，结果我只抓住了几根鸡毛，而我却因没站稳，扑向了水坑，"英勇献身"，啊——我惨叫，泥水浸了一身。这下好了，我知道什么是"落汤鸡"了！但捉鸡总算有了零的突破，捉到鸡毛了！

已是夕阳下山，人影散乱。我们归而亲朋送也。田野荫翳，鸡鸣鸭呼。汪汪汪……咦，咋了？我回头，原来是舅家的两只狗争起了与表妹的"合影权"。我还准备叫表妹一起去照相呢，可她早吓得逃跑了！无奈之下，只好挥挥手，一看手中，嘿！还攥着鸡毛呢！

乡下虽然没有电脑、网络，但我今天却感觉格外充实。乡下以它独特的魅力吸引我，让我在快乐的生活中释放自我，体验纯真！

一路颠簸着，我满载欢乐回家去。

# 我心中的海棠花

徐　阳

　　一提到花，大多数的人会想到象征富贵的牡丹、孤芳自赏的菊花、出淤泥而不染的莲花，而在这春意盎然百花盛开的时节，我想到了海棠花。

　　在翠绿的叶瓣上盛开着一朵朵粉色的海棠花。花的外形似六瓣倒挂的心，金黄色的花蕊紧紧相拥在一起。走近看花瓣相拥却像是一个小酒杯，仿佛是向人们展示她不只有外表而且还有内涵。在绿叶的衬托下更显出她的粉嫩，而在我的心里却有着不一样的意味。

　　海棠花是一个个会跳舞的音符，而那细长的枝干则是她的乐谱。枝干在等待着音符在那细长的身躯上谱写快乐的乐章，春天的脚步正一步步地向我们走来。春姑娘在来临之际总会给我们带来一些不一样的惊喜，而这次她带来的则是一朵朵盛开的海棠花。这一朵朵海棠花是一个个音符，海棠花在我们的大地上谱写乐章，给我们带来欢乐。听见这快乐音符的跳动，在操场上玩耍的孩子们停下来了，在河边清洗衣服的姑娘停下来了，在工作的大人们停下来了，他们都在聆听这海棠花的音符，她带来了春的消息。

自然万物多姿多彩，暮春的色彩中透着一丝神秘。当人们都去欣赏万物时，唯独我偏爱神秘中透露出顽皮的精灵。

在"月落乌啼霜满天，江枫渔火对愁眠"的夜晚，唯独我在仰望月空，数着满天星斗。

在草丛中，我听见蟋蟀的鸣叫，他的声音似小鼓；我听见蛐蛐的鸣叫，他的声音似琴；我听见纺织女的鸣叫，她的声音似一位唱抒情歌曲的少女。在这音符交汇的时刻，在草丛中闪耀着蓝色的光芒。这光芒直射我的眼睛，这是什么？好奇心驱使我一步步地向蓝光靠近，一股神秘而欢乐的气氛将我包围。走进一看是一朵朵散落在草丛中蓝色的海棠花，她们被月光照射着，似精灵在空中舞动。

大自然创造出海棠花，给人们带来无尽的遐想，给人们带来欢乐。

海棠花还是歌者，还是诗人，还是……她代表着太多太多。她在我心中铺开千万丈的画卷，描绘出别样的风情。

# 因 为 有 爱

车可晗

一片洁白的雪花扑上我的略显苍白的脸颊，瞬间吸去为数不多的热量，留下一丝刺骨的冰凉……

我独自走向面馆，冬日的清晨是那么凄冷。

"老板，来碗面！"两个声音同时发出，我扭过头，一位个子较高的女生站在身后，戴着高高的卡通帽，白色的羊绒围巾几乎遮住了半张脸，只留下一双澄澈的眼睛和淡淡的眉毛。她应该与我是同龄人吧！

端过面条，拔出筷子，掰开，挑起面条，吹了口气。这时我瞟了她一眼。天啊……她的碗里只剩"半壁江山"，而我呢，则还"锦绣山河，寸土未失"。这时面馆里放起了音乐，传向苍白的天穹。

门外，风雪中，出现了一个移动缓慢的黑点，渐近，才知是一位风烛残年的老人。白色的头发写满悲伤，浑浊的双眼充满孤独，如刀的岁月无情地在他脸上刻下几笔，弯得如雕弓似的脊背，每走一步似乎都用尽毕生的力量。但人们似乎对这样的人司空见惯了，不理不睬，包括那女生。我的心又凉了一下：这世界的关爱哪儿去啦?

　　女生已经吃完了,这时那老人的眼中闪过一丝光亮,慢慢地伸出如枯叶般的双手,突然那女生似乎察觉了什么,迅速转身,夺过碗,兀自将其倒进桶里。瞬间——就是这瞬间,看见老人那双冻得如胡萝卜的双手;这瞬间,我看见女孩儿的"庐山真面目"——清秀的瓜子脸;这瞬间,我的心降至冰点——这世界与寒冷的冬天相"媲美"。女孩儿突然支支吾吾地说:"大……大爷,我有感……冒,不干……净。"说罢,转身对老板喊,"老板,来碗牛肉面,加个煎蛋,我付钱。"又是一瞬间,疑惑冰释,我心中竟有满满的爱的温暖,这时面馆里回荡着"只要人人都献出一点爱,世界将变成美好的人间……"

　　又一片雪花扑上我的脸颊,因为有了爱的温暖,而悄悄融化……